Lydia Hauenschild

Die Piranha-Piraten und die gestohlene Jacht

Lydia Hauenschild

Die Piranha Piraten

... und die gestohlene Jacht

Illustriert von Christoph Clasen

Loewe

Inhalt

Die Meeresperle ist ein alter Kutter und Treffpunkt der Piranha-Piraten. Von hier schwärmen die drei Detektive wie gefährliche Piranhas aus, um mit Biss Verbrecher zu jagen. Wagemutig wie Piraten sind sie der Schrecken aller Ganoven!

Die Piranha-Piraten

Lena

Lena hat Augen scharf wie ein Adler und einen großen Sinn für Gerechtigkeit. Oft gehen ihr die Ermittlungen nicht schnell genug voran. Schumacher, ihre Rennmaus, ist blitzschnell und liebt Kekskrümel.

Leon

Lenas Zwillingsbruder Leon recherchiert am liebsten im Internet. Er ist nicht leicht aus der Ruhe zu bringen und hat immer einen witzigen Spruch auf Lager.

Till

Till kommt Verbrechern durch kluges Kombinieren auf die Schliche. Und er kennt viele Tricks aus Krimis!

Knut

Dem alten Seebären Knut Jensen gehört die Meeresperle. Er ist Hennings Onkel – und ein großer Fan der Piranha-Piraten!

Henning

Henning ist Polizist, steht den Piranha-Piraten mit Rat und Tat zur Seite und übernimmt, wenn es brenzlig wird.

Die gestohlene Jacht

1. Motorengeheul

Den ganzen Nachmittag hatten die Zwillinge Leon und Lena zusammen mit Till Strandkörbe an Urlauber vermietet. Nun wehte vom Meer her ein kühler Abendwind, der auch die letzten Badegäste allmählich ihre Sachen zusammenpacken ließ.
Till lehnte gähnend an der Meeresperle. „Wollen wir die Strandkörbe abschließen?“
Leon nickte und angelte nach den Schlüsseln.
„Und ich zähle inzwischen unsere Trinkgelder zusammen. Eine Frau hat mir heute sogar zwei Euro gegeben“, freute sich Lena, während sie Schumacher behutsam aus der Kasse hob.
„Wow!“, staunte Till. „Dann können wir ja bald wieder was für unsere Detektivausrüstung kaufen, vielleicht –“ Er stockte, denn plötzlich dröhnte vom Meer lautes Motorengeheul zu ihnen herüber.
Die drei Freunde starrten auf das Wasser, wo sich mit rasender Geschwindigkeit ein Boot näherte. „Spinnt der, so dicht an den Strand ranzufahren!“, regte sich Lena auf. „Da könnten noch Leute im Wasser sein! Wo kommt der Typ überhaupt her?“
Leon schnappte nach dem Fernglas, das hinter ihm auf dem Kutter lag. „Vom Jachthafen“, berichtete er gleich darauf. „Aber irgendwas stimmt da nicht.“

Was hatte Leon gesehen?

AFENMEISTER
5

2. Ein gekapptes Tau

Wieso? Was siehst du?", drängte Lena, während Till schimpfte: „Als Nächstes kaufen wir ein zweites Fernglas!"
„Auf dem Bootssteg fuchtelt jemand wütend mit den Armen", erklärte Leon. „Und vor ihm hängt ein gekapptes Tau am Steg. Die Jacht ist bestimmt gestohlen worden."
In diesem Moment sauste das Boot ganz nah vorbei und die drei Freunde konnten den Namen lesen: Santa Lucia.
Till hielt sich die Hände über die Augen. „Mist, die Abendsonne blendet zu stark. Ich kann nicht sehen, wer an Bord ist."
„Ich leider auch nicht", ärgerte sich Lena.
„Es sind zwei Männer." Leon versuchte, das Fernglas schärfer zu stellen. „Mit Glatzen. Aber mich blendet die Sonne auch." Er ließ das Fernglas sinken.
„Eines ist klar", sagte Lena entschieden, „das ist mal wieder ein Fall für die Piranha-Piraten!"
Gemeinsam beobachteten die drei, wie die Jacht weiter die Küste entlangraste. Schließlich verschwand sie hinter der nächsten Landspitze – und die Detektive hörten, wie in der Ferne der Motor zu stottern begann.
„Denen geht gerade der Sprit aus." Till grinste. „Kommt, wir sehen auf der Küstenkarte nach, wo die Jacht anlegen könnte."
Gleich darauf beugten sich die Detektive in der Kajüte ihres Hauptquartiers über einen großen Plan.

Wo konnten die Diebe an Land gehen?

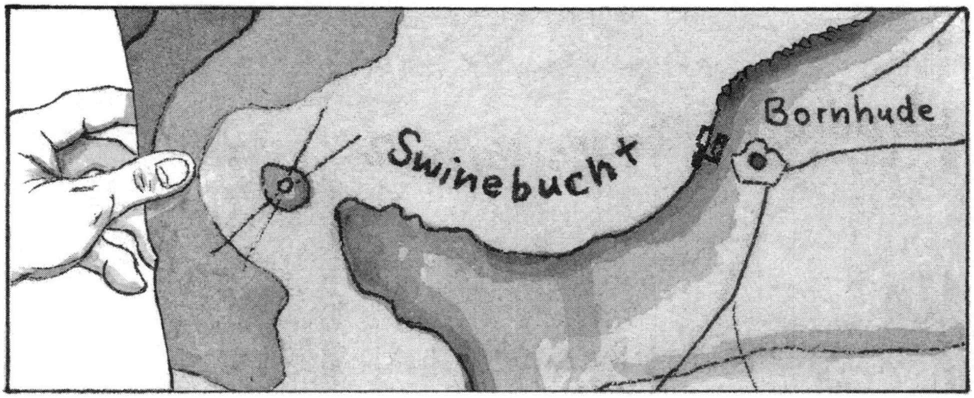
Swinebucht
Bornhude

3. Hinter der Swinebucht

„Ich ahne, wo wir uns umsehen sollten“, sagte Till.
Er fuhr mit dem Finger die geschwungene Küstenlinie entlang. „Das Boot ist in der Swinebucht verschwunden. Also mussten die Diebe in Bornhude an Land gehen.“
Lena gab ihm recht. „Danach wird die Küste dafür viel zu felsig.“
„Bis Bornhude sind es von hier über Land zehn Kilometer“, schätzte Leon. „Das schaffen wir heute nicht mehr mit den Rädern. Lena und ich sollen um acht Uhr zu Hause sein.“
Seine Schwester half Till, die Karte wieder zusammenzufalten. „Vor morgen Nachmittag können wir also nicht mit der Arbeit beginnen. Die Schule gibt's ja leider auch noch …“

Am nächsten Nachmittag fuhren die Detektive durch die sengende Sonne nach Bornhude.
„Glaubt ihr, die Santa Lucia ist überhaupt noch hier?“, fragte Leon erschöpft, als sie das große Hafenbecken erreichten. „Vielleicht haben die Diebe getankt und sind weitergefahren.“
Till zuckte die Schultern. „Schon möglich. Aber hier zu suchen, ist besser, als nichts zu tun. Oder hast du eine andere Idee?“
„Eine Idee?“, seufzte Leon. „Mir hat die Hitze das Hirn so ausgetrocknet, dass ich gar nicht mehr denken kann …“
„Hör auf zu jammern“, fiel ihm Lena ins Wort. „Die Jacht war auf alle Fälle hier. Das steht schon mal fest.“

Was hatte Lena entdeckt?

Möwe

4. Der Rettungsring

Lena deutete auf den Rettungsring mit der Aufschrift Santa Lucia, der im Hafenbecken dümpelte. „Los, wir teilen uns auf und suchen alle Stege ab“, entschied sie.
Doch die schnittige, dunkle Jacht war nirgends zu sehen.
„Wäre ja auch zu einfach gewesen, wenn das Boot hier gemütlich vor Anker gelegen hätte“, meinte Leon. „Und was machen wir nun?“
„Jedenfalls nicht aufgeben“, sagte Lena. „Das machen Piranhas nie!“
Leon wischte sich ein paar Schweißperlen von der Stirn. „Aber wir dürfen doch wenigstens ein Eis essen, oder?“
Sie schoben ihre Räder zu einer Eisdiele am Rande des Hafens, kauften drei Waffeln zum Mitnehmen und setzten sich in den Schatten eines alten Seefahrer-Denkmals. Von hier hatten die Piranha-Piraten einen guten Blick über die Cafés, vor denen die Gäste in der Sonne saßen.
Lena hielt Schumacher ein Tröpfchen Schokoladeneis unter die Nase. „Wenn wir wenigstens die Gesichter der Diebe gesehen hätten“, sagte sie, während die Maus ihren Finger ableckte.
„Ich konnte echt nur zwei Glatzen erkennen.“ Leon grinste. „Die haben sich so schön in der Abendsonne gespiegelt.“
Nachdenklich ließ Lena ihren Blick über die Tische vor den Cafés schweifen – und stutzte plötzlich.

Was hatte Lena erspäht?

Café Möwenschrei
K OSK

5. Fiese Gestalten

„Schaut mal unauffällig zum Eingang vom Café Möwenschrei“, raunte Lena. „Am Tisch rechts davon lesen zwei Männer mit Glatzen Zeitung.“

„Treffer!“ Nun hatte auch Till die Männer entdeckt. „An die hängen wir uns dran!“ Doch in diesem Moment ließen die Kahlköpfe die Zeitung sinken – und Till zuckte zusammen.

Leon erschrak ebenfalls. „Die sehen ja mächtig fies aus.“

„Richtig gruselig.“ Lena verzog das Gesicht. „Bloß gut, dass wir Hennings Nummer haben. Wenn es gefährlich werden sollte, rufen wir ihn sofort an.“

„Können wir das nicht gleich tun?“, versuchte Till zu scherzen.

„Wie Zombies auszusehen, ist noch nicht strafbar“, entgegnete Leon trocken. „Wir brauchen Beweise.“

Die Männer bezahlten. Dann standen sie auf, gingen zielstrebig zu einem Auto und fuhren davon.

Sofort nahmen die Piranha-Piraten die Verfolgung auf. In dem Städtchen fiel das mit den Rädern nicht allzu schwer. Doch draußen auf dem freien Land entfernte sich das Auto rasch.

Schließlich gab Lena atemlos auf. „Wo könnten die hinwollen?“

Tills Blick wanderte die Küste entlang. „Ich habe da so eine Vermutung!“

Was vermutete Till?

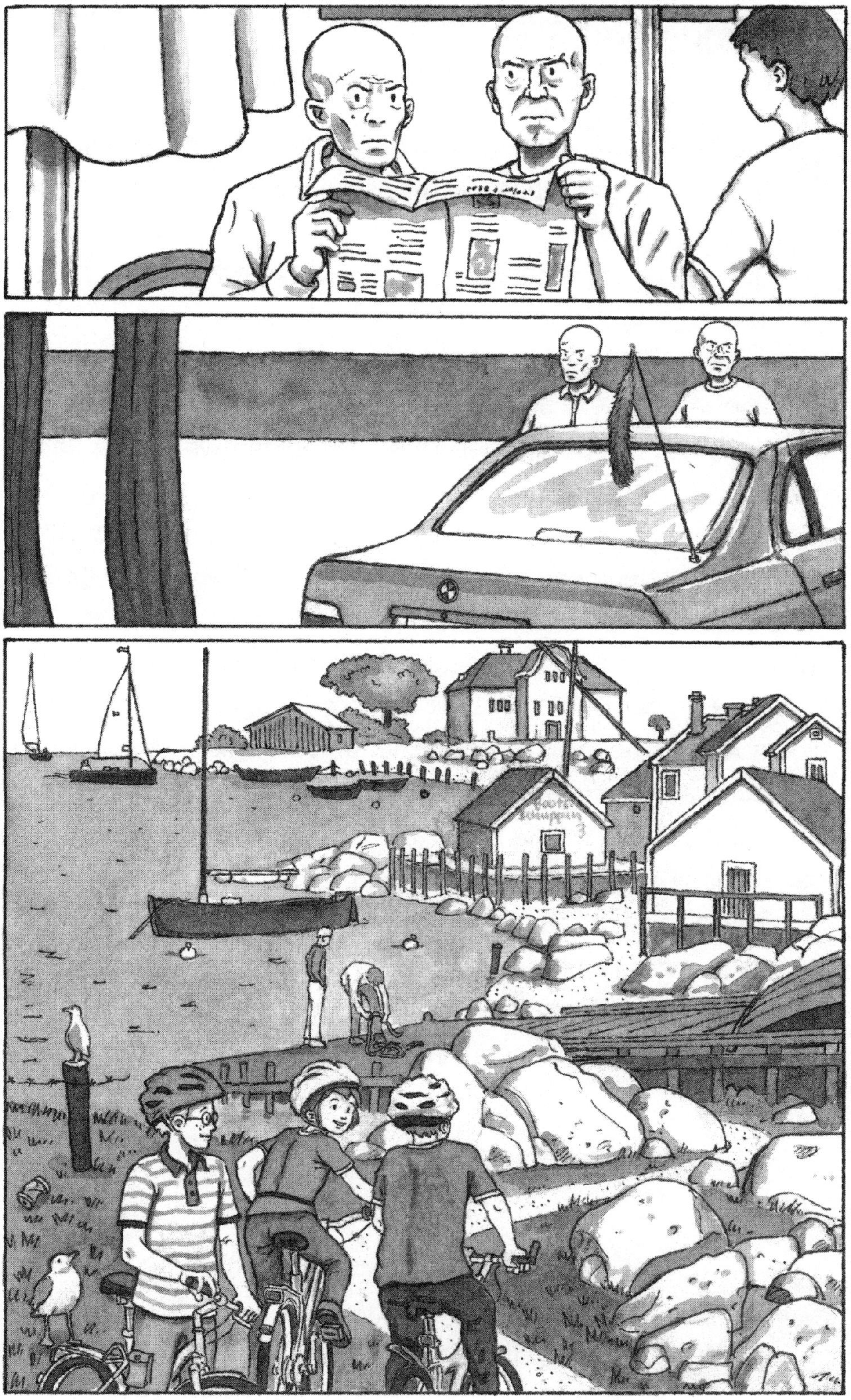

6. Am kleinen See

Er deutete zu den Schuppen, die vereinzelt am Meer standen. „Vielleicht haben die Diebe die Jacht in einem Bootshaus versteckt."

„Klingt logisch", meinte Leon. „Aber in welchem?"

„Am besten, wir klappern alle ab", entschied Lena und die Piranha-Piraten machten sich auf den Weg.

Es dauerte Stunden, bis sie die umliegenden Bootshäuser kontrolliert hatten. Doch die Detektive entdeckten weder die Jacht noch eine Spur der Diebe.

„Der Fall scheint ziemlich hoffnungslos", seufzte Leon verschwitzt, als sie den letzten Schuppen hinter sich ließen. „Was haltet ihr von einem kühlen Bad, bevor wir heimfahren?"

„Eigentlich viel." Till schaute zum Strand und rümpfte die Nase. „Aber hier in der Bucht sind mir zu viele Quallen. Wir könnten zu einem kleinen See hier in der Nähe fahren. Er liegt ein bisschen versteckt, aber ich war da mal mit meiner Mutter ..." Till schlug sich mit der Hand auf die Stirn. „Bin ich ein Idiot!"

Die Zwillinge schauten ihn verdutzt an.

„An dem See steht auch ein Schuppen", erklärte Till aufgeregt. „Dass ich daran nicht früher gedacht habe!"

Kurz darauf näherten sich die Detektive dem Bootshaus am See.

„Treffer", raunte Till zufrieden. „Fällt euch was auf?"

Was hatte Till entdeckt?

7. Das Bootshaus

Auch die Zwillinge hatten das Auto der Ganoven entdeckt, das im Gebüsch neben dem Holzschuppen stand.
„Da haben wir unsere beiden Kahlköpfchen ja wieder", murmelte Leon zufrieden.
Allerdings war am Seeufer niemand zu sehen.
Leise lehnten die Piranha-Piraten ihre Räder gegen eine Birke und pirschten durch das Gestrüpp zum Bootshaus.
„Passt auf die trockenen Zweige auf", mahnte Till seine Freunde. „Außerdem gibt's hier jede Menge Enten. Wenn die vor Schreck anfangen zu quaken, sind die Diebe sofort gewarnt."
Zunächst wirkte das Bootshaus verlassen.
Doch dann war von drinnen dumpfes Gemurmel zu hören!
Mit pochenden Herzen kauerten sich die Detektive unter das einzige Fenster des Schuppens. Keiner wagte es, einen Ton von sich zu geben.
Da weiteten sich Lenas Augen plötzlich erschrocken – denn sie hatte hinter dem Bootshaus etwas entdeckt.

Warum erschrak Lena?

REX

8. Falscher Verdacht?

Till und Leon schluckten ebenfalls, als ihr Blick auf die beiden großen Fressnäpfe fiel. Daneben lagen zwei Hundeleinen. Liefen hier draußen etwa Wachhunde herum?

In diesem Augenblick hörten die Piranha-Piraten lautes Gebell. Erleichtert atmeten die drei Freunde auf: Das Bellen kam aus dem Schuppen und klang nicht besonders bedrohlich.

Langsam, ganz langsam, hoben die Piranha-Piraten ihre Köpfe, wagten, durch das staubige Fenster ins Bootshaus zu spähen, und sahen, was dort vor sich ging: Die beiden Männer hockten auf Kisten vor einer weißen Jacht, rauchten und lachten – und warfen nebenbei Stöckchen, die von zwei Boxern begeistert apportiert wurden.

Lena fand als Erste ihre Sprache wieder: „Na, wunderbar. Sieht ja richtig idyllisch aus“, flüsterte sie. „Da haben wir wohl die Falschen verdächtigt. Irgendwo hier in der Gegend laufen zwei andere Männer ohne Haare rum und klauen vielleicht gerade wieder eine Jacht.“

Leon nickte. „Die Santa Lucia ist jedenfalls nicht im Schuppen. Und damit fehlt uns jeder Beweis. Da können die Typen so übel aussehen, wie sie wollen.“

„Doch, das gestohlene Boot ist da drinnen“, widersprach Till.

Wie kam Till darauf?

9. Alarmstufe Rot!

Seht ihr die Farbdosen und die Pinsel hinter den Kisten? Die Kerle haben die schwarze Santa Lucia gerade weiß gestrichen", erklärte er leise.

Lena strahlte. „Dann haben wir die Ganoven ja doch. Am besten, wir …"

Drinnen erhoben sich die Männer, traten ihre Zigarettenkippen aus und reckten sich gähnend. Die Boxer sprangen bellend an ihnen hoch und wollten weiterspielen.

Plötzlich weiteten sich Leons Augen – und er deutete mit zitternden Fingern in den Schuppen.

„Haha, witzig", raunte Lena eingeschnappt. „Ihr hattet vorhin genauso viel Bammel vor den Hunden wie ich."

Doch Leon ließ nicht locker. „Da … da …", stammelte er und wurde tatsächlich blass um die Nase.

Mit einem mulmigen Gefühl schauten Lena und Till noch einmal genauer hin – und da fuhr auch ihnen der Schreck in die Glieder.

„Alarmstufe Rot! Nix wie weg!", kommandierte Lena im nächsten Moment und zog sich mit den Jungen ins rettende Gebüsch zurück.

Wovor erschrak Lena?

10. Unheimliche Stille

Hastig wählte Lena Hennings Nummer und schilderte ihm aufgeregt, was die Piranha-Piraten herausgefunden hatten. „Komm schnell“, bat sie zum Schluss. „Die Männer sind bewaffnet, in ihren Hosen stecken Pistolen!“
Schon kurze Zeit später hielt am See ein Streifenwagen. Henning und sein Kollege stiegen rasch aus.
„Sie sind noch da“, berichtete Till. „Wir haben den Schuppen nicht aus den Augen gelassen!“
„In Ordnung“, sagte Henning und knöpfte mit ernster Miene seine Pistolentasche auf. „Dann werden wir die Jungs da drinnen mal überprüfen. Ihr drei bleibt zur Sicherheit hier.“
„Oh, sehr gerne!“, antwortete Leon und konnte schon wieder ein wenig grinsen.
Gespannt beobachteten die Piranha-Piraten, wie Henning mit seinem Kollegen vorsichtig auf das Bootshaus zuging.
Schließlich pochte er an das große Tor und rief: „Hier ist die Polizei! Machen Sie auf und kommen Sie mit erhobenen Händen heraus!“
Die drei Freunde hielten den Atem an. Für ein paar Sekunden war es vollkommen still – und in diese unheimliche Stille hinein quietschte es plötzlich irgendwo leise.
„Achtung, die verduften!“, rief Lena im nächsten Moment.

Wie entkamen die Ganoven?

POLIZEI
POLIZEI

11. Getürmt

Die beiden Männer hatten die Dachluke des Schuppens geöffnet und türmten. Ein letztes Mal glänzten ihre Glatzen in der Sonne – dann verschwanden sie im Gestrüpp.

Die Polizisten steckten ihre Dienstwaffen weg und hasteten zum Streifenwagen zurück.

„Wir fordern Verstärkung an“, sagte Henning zu seinen Freunden, während der Kollege über Funk die nächsten Polizeidienststellen alarmierte.

„Ja, am besten Spürhunde und einen Polizeihubschrauber“, meinte Lena. „Weit können die ohne Auto ja nicht kommen.“

„Wahrscheinlich verstecken sie sich hier in der Nähe, um zu warten, bis es dunkel wird“, fügte Leon hinzu.

„Spürhunde …, Spürhunde …“, überlegte Till – dann pfiff er durch die Zähne. „Die haben wir doch! Im Schuppen sind ja noch die beiden Boxer!“

Sofort rannten die Piranha-Piraten mit Henning zum Bootshaus und ließen die Hunde frei.

„Sucht eure Herrchen, sucht!“, forderte Lena die Tiere auf und schon senkten die Boxer schnüffelnd ihre Nasen.

In diesem Augenblick fiel Till etwas am anderen Seeufer auf.

„Treffer!“, freute er sich. „Ich weiß, wo uns die Hunde hinführen werden.“

Was hatte Till gesehen?

12. Die verlorene Fährte

Seit wann kannst du in die Zukunft sehen?", fragte Leon überrascht.

„Kann ich gar nicht." Till deutete zum Himmel. „Aber dafür in die Luft: Am anderen Ufer sind Enten aufgeflogen. Und ich kann mir denken, wer sie aufgeschreckt hat."

In halsbrecherischem Tempo rannten die Detektive hinter den bellenden Hunden her.

„Super, die beiden scheinen ihre Herrchen tatsächlich zu riechen!", rief Lena, während sie neben Henning durch das Gebüsch hetzte.

„Wer weiß, wie lange sich die Männer nicht gewaschen haben." Leon sprang lachend über einen Baumstumpf.

Sie erreichten das andere Ufer, wo das Gebell der Boxer plötzlich in Winseln überging. Schnüffelnd irrten die Hunde hin und her – und schienen die Fährte verloren zu haben.

„Im Wasser können Hunde keiner Spur folgen." Henning rupfte eine Brombeerranke von seiner Hose. „Von hier aus sind die Männer wahrscheinlich in den See geflüchtet."

„So ein Mist!", ärgerte sich Till. „Die verstecken sich bestimmt irgendwo im Schilf."

Da zeigte Lena aufs Wasser. „Stimmt. Die Diebe sind total nass."

„Aber nicht überall, Schwesterherz", wandte Leon lachend ein.

Wo versteckten sich die Ganoven?

Das Müllmonster

1. Schlaue Piraten

Es klopfte an der Kajütentür. Draußen stand Knut Jensen. „Beim Klabautermann! Das war ja wohl ein dolles Abenteuer!“, begrüßte er Lena und die Jungen und wedelte mit dem Seeboten. „Hier steht, dass den Piranha-Piraten zwei Ganoven ins Netz gegangen sind, die eine teure Jacht gestohlen hatten.“

„Das stimmt“, sagte Lena schmunzelnd, während sie Schumacher streichelte. „Wir müssen jedes Mal lachen, wenn wir dran denken, wie sich die beiden Glatzköpfe im See als Steine tarnen wollten.“

„Aber uns Piranha-Piraten entkommt niemand“, fügte Till zufrieden hinzu. „Es war übrigens ein ganz schön gefährlicher Fall, weil die Diebe Waffen dabeihatten.“

Der alte Seebär nickte. „Von den Pistolen hat mir Henning schon berichtet. Sehr vernünftig von euch, ihn direktemang zu rufen. Oder wie wir Seeleute sagen: Schlaue Piraten streichen die Segel, bevor der Sturm zu heftig bläst.“

„Und was das für ein Sturm hätte werden können!“, meinte Leon. „Stellen Sie sich vor, Herr Jensen, gerade als –“

„Schaut mal, das arme Tier“, unterbrach ihn da Lena.

„Ähm, wieso?“, fragte Leon. „Schumacher ist doch putzmunter, Schwesterherz.“

„Ja, der schon“, entgegnete Lena.

Welches Tier tat Lena leid?

Spuren lesen
Das Indiz
A-C
Gips

2. Die hilflose Möwe

In den Dünen hüpfte eine Dose herum. Zumindest sah es von Weitem so aus. Doch eigentlich war es eine Möwe, die ihren Kopf neugierig in eine Dose gesteckt hatte und nun nicht mehr herausbekam.

Die Piranha-Piraten eilten dem Vogel gemeinsam mit Knut Jensen zu Hilfe.

„Potzdonner! Wieso kreisen da hinten überhaupt so viele Möwen?", wunderte sich der alte Seebär, während sie über den Strand liefen. „Da ist doch was faul …"

Sie erklommen gemeinsam die erste Anhöhe. „Stimmt, sogar oberfaul", bestätigte Leon im nächsten Moment.

Betroffen starrte er auf den Müllhaufen mitten in den Dünen.

„So eine Sauerei!", schimpfte Knut Jensen.

Lena runzelte die Stirn. „Ich schlage vor, wir befreien zuerst die Möwe. Und dann finden die Piranha-Piraten heraus, wer das hier angerichtet hat."

Die Jungen nickten ernst.

Es war gar nicht so leicht, die Möwe aus der Dose zu ziehen. Doch endlich schwang sich der Vogel wieder in die Luft und die Detektive konnten beginnen, den Müll zu untersuchen.

„Vielleicht finden wir einen Hinweis auf den Täter", hoffte Till, während er über einen zerbrochenen Stuhl stieg. Er hob eine kaputte Schrankwand an – und pfiff durch die Zähne.

Was hatte Till entdeckt?

cherei
örner
Fleis
Börn
Fleisch
Börner
Fleisch
Börner
Knack
wurst
Kal

3. Der Lieferschein

Auf der Rückseite der Schrankwand klebten noch die Reste eines Lieferscheines.

„Treffer“, brummte Till. „Die Adresse, an die der Schrank mal geliefert wurde, fehlt zwar. Aber vom Namen ist noch was zu erkennen. Beginnt mit Kall... oder so.“

Auch die Zwillinge beugten sich über den verblassten Zettel.

Leon kniff die Augen zusammen. „Steht da nicht Kalk...?“

„... oder Katt...“, schlug Lena vor. „Was meinen Sie, Herr Jensen?“

„Ich mein leider gar nix, mien Deern“, antwortete der alte Seebär bedauernd. „Ich hab meine Augengläser nich mit.“

„Na, da können wir Ihnen helfen“, sagte Leon. „Ich hol schnell unsere Lupe vom Kutter.“

„Bring bitte auch das Telefonbuch mit!“, rief ihm Till hinterher.

Lena nickte. „Gute Idee. Vielleicht finden wir unter K einen Namen, der dem auf dem Zettel ähnelt.“ Ihr Blick schweifte über den Unrat. „Und jetzt sammeln wir erst mal alles ein, was für Tiere gefährlich ist. Echt, so einen Berg leere Dosen hab ich noch nie gesehen!“

Kurz darauf kehrte Leon mit Telefonbuch und Lupe zurück. Doch selbst durch das Vergrößerungsglas konnten die Piranha-Piraten und Herr Jensen den Lieferschein nicht genau entziffern. Till schlug das Telefonbuch beim Buchstaben K auf und studierte gespannt die Namen.

Welcher Name konnte weiterhelfen?

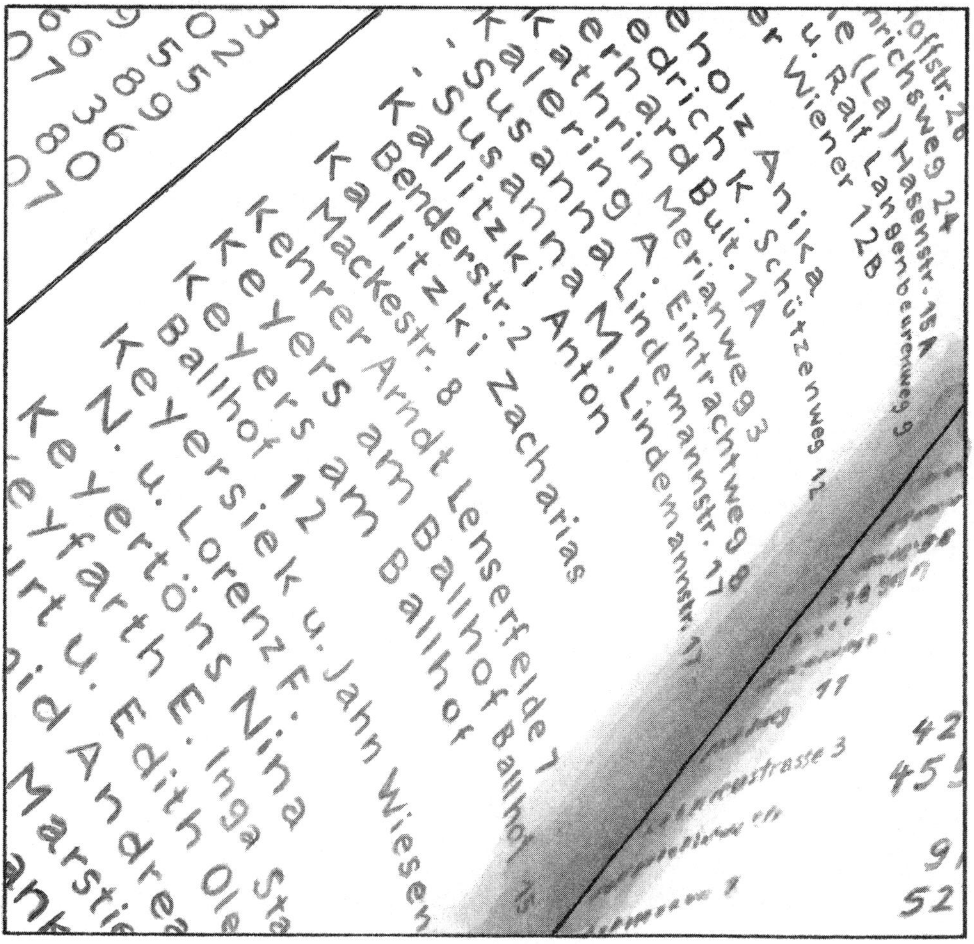

hoffstr. 26
richsweg 24
e (La) Hasenstr. 15A
u. Ralf Langenbeurenweg 9
er Wiener 12B
eholz Anika
edrich K. Schützenweg 12
erhard Bult. 1A
Merianweg 3
A. Eintrachtweg 8
Susanna M. Lindemannstr. 17
Susanna Anton
Kallitzki Zacharias
Benderstr. 2
Kallitzki
Mackestr. 8
Kehrer Arndt Lenserfelde 7
Keyers am Ballhof
Keyers am Ballhof
Ballhof 12
Keyersiek u. Jahn Wiesen
N. u. Lorenz F.
Keyertöns Nina
Keyfarth E. Inga
u. Edith Ole
42

4. In der Mackestraße

Hier stehen zwei Namen, die uns zu Mister Unbekannt führen könnten“, murmelte Till schließlich. „Mit Kalk oder Katt beginnt aber keiner. Dafür gibt es einen Anton Kallitzki in der Benderstraße 2. Und einen Zacharias Kallitzki. Der wohnt in der Mackestraße 8. Mit wem wollen wir anfangen?“
Leon lachte. „Ich denke, wir sollten zuerst den Typen aus der Mackestraße unter die Lupe nehmen.“ Er hob ein auffällig gemustertes Stück Tapete hoch. „Wer sich so was Grässliches an die Wände klebt, hat auf jeden Fall ’ne Macke.“
„Eigentlich bin ich gar nicht scharf drauf, so jemanden kennenzulernen.“ Lena trat seufzend gegen einen kaputten Plastikeimer. „Aber wenn ich das Zeug hier sehe, werde ich richtig wütend. Der Kerl muss einfach bestraft werden.“
„Und ich hätt nicht übel Lust, euch zu begleiten“, meinte Knut Jensen. „Aber leider hab ich noch einen Termin beim Arzt.“
„Sind Sie denn krank?“, fragte Till besorgt.
„Nee, keine Bange“, antwortete der alte Seebär. „Lass mich nur gegen Grippe impfen. Also, dann man Tschüss. Und toi, toi, toi!“

Eine halbe Stunde später bogen die Piranha-Piraten mit ihren Fahrrädern in die Mackestraße sein. „Sieh mal einer an!“, meinte Leon.

Was hatte Leon gesehen?

Umzug
unterne
Meyer
Umzug
Meyer
8
6

5. Der Möbelwagen

Vor dem Mietshaus mit der Nummer acht stand ein Möbeltransporter – und gerade trugen Männer einen Schrank ins Haus.
„Ach, so ist das. Unser netter Herr Kallitzki brauchte Platz für neue Möbel“, kombinierte Till. „Da hat er die alten einfach in die Dünen gekippt.“
Lena schüttelte den Kopf. „Da werden keine neuen Möbel geliefert. Hier zieht jemand ein. Ich glaube, die Frau dort mit dem kleinen Mädchen.“
Die Detektive näherten sich dem Möbelwagen. „Guten Tag“, grüßte Lena die Frau höflich. „Wohnt hier ein Herr Kallitzki?“
„Nein, tut mir leid.“ Die Frau lächelte. „Der ist vor Kurzem ausgezogen. Wir beziehen seine ehemalige Wohnung.“
„Können Sie uns sagen, wo er jetzt wohnt?“, fragte Leon.
„Leider nicht“, entgegnete die Frau. „Ich habe ihn selbst nur einmal kurz gesehen, bei der Wohnungsbesichtigung.“
„Das war ein ganz doofer Mann“, empörte sich das kleine Mädchen an ihrer Hand. „Der hatte ein ganz altes Mofa. Ohne Schutzblech! Und stinkigen Müll hat er auch dagelassen.“
„So was erzählt man nicht, meine Süße“, sagte die Frau zu ihrer Tochter und wandte sich wieder an die drei Freunde. „Aber es stimmt schon. Ich musste gerade vorhin seinen letzten Küchenabfall wegwerfen, als wir in die Wohnung kamen.“
Die Detektive sahen sofort, wo Kallitzkis Müll gelandet war.

Wo befand sich der Müll?

Umzug
unterneh
Meyer
Umzug
Meyer
Umzug
Meyer

Umzug
Meyer
Umzug
Meyer
8
8
3.8
HS-362

6. Fleischerei Börner

Hier duftet es nicht gerade wie in einem Blumenladen", meinte Leon, als die Piranha-Piraten vor dem Müllcontainer standen, aus dem einige Dosen herauslugten. „Wollt ihr schon wieder im Müll wühlen, um Hinweise zu finden?"
„Nicht nötig", sagte Lena und zeigte auf die Blechbüchsen. „Das sind die gleichen Dosen wie am Strand. Kann natürlich Zufall sein. Aber ich denke, Kallitzki ist unser gesuchter Mann."
Till untersuchte die Aufschrift auf den Dosen. „Das sind tatsächlich wieder alles Wurstdosen. Und alle stammen vom selben Geschäft hier in der Stadt. Die Fleischerei Börner liegt am Marktplatz."
„Vegetarier ist Kallitzki also nicht", stellte Leon trocken fest.
„Und wenn er es inzwischen nicht geworden ist, kauft er bestimmt bald wieder neue Dosen", vermutete Till.
„Wir sollten den Laden überwachen", schlug Lena sofort vor.
„Vielleicht ist Kallitzki aber auch ganz weit weggezogen", wandte Leon ein. „Von München oder Berlin wird er zum Wurstkaufen nicht mehr hierherkommen."
„Versuchen müssen wir es", entgegnete Lena. „Es ist unsere einzige Chance."
Wenig später erreichten die Piranha-Piraten den Marktplatz.
„Mist!", ärgerte sich Lena. „Er war gerade da!"

Was war Lena aufgefallen?

Fleisch
Börne

7. Eine rote Ampel

Auch die Jungen sahen, wie in einer Seitenstraße der Hinterreifen eines alten Mofas verschwand – ohne Schutzblech!
„Nix wie hinterher!“, rief Lena.
Doch schon im nächsten Moment wurde ihre Verfolgung von einer roten Ampel gestoppt. Sofort sprangen die Piranha-Piraten von den Rädern und schoben sie über die grüne Fußgängerampel, aber es nützte nichts: Das Mofa war verschwunden.
„Tschüss, Zacharias“, sagte Leon. „Und was machen wir jetzt?“
„Nachdenken.“ Till zog die Stirn kraus. „Wir wissen, dass der Typ hier noch immer seine Lieblingswurst kauft. Und da ihm die irgendwann wieder ausgeht …“
„… warten wir einfach vor dem Laden, bis er wiederkommt“, vollendete Leon. „Kann aber dummerweise Tage dauern. Wie kriegen wir das mit der Schule unter einen Hut?“
„Vielleicht brauchen wir das gar nicht“, meinte Lena. „Heute ist Mittwoch. Wahrscheinlich kommt Kallitzki sowieso erst am Samstag wieder, um sich fürs Wochenende einzudecken.“
Und tatsächlich. Am Samstag mussten die Piranha-Piraten nicht lange warten, bis sie Kallitzki nach seinem Wursteinkauf folgen konnten. Kallitzki schloss das Mofa vor einem Mietshaus ab, verschwand hinter der Haustür – und sofort kontrollierten die Detektive alle Namensschilder am Eingang.
„Ach du Schande! Das gibt’s doch nicht!“, entfuhr es Lena.

Was hatte Lena entdeckt?

Benderstrasse
2
Karl Müller
Ina Kraus
Frank Sost
Anton Kallitzki
Anne Kohl
Britta Sand
Jutta Otto

8. Der falsche Kallitzki

Na super. Wir sind dem falschen Kallitzki hinterhergedüst“, stellte Leon verblüfft fest. „Hier steht Anton statt Zacharias.“
Till guckte sich suchend nach dem Straßenschild um. „Treffer. Wir sind ja auch in der Benderstraße gelandet.“
„Wahrscheinlich sind die beiden Brüder …“, vermutete Lena.
„… und fahren beide ein schrottiges Mofa und haben dieselbe Lieblingswurst?“ Leon begann zu grinsen. „So viel Gemeinsamkeiten haben nicht mal Zwillinge wie wir!“
„Es könnte auch anders sein“, meinte Till nachdenklich. „Vielleicht sind wir ja doch Zacharias gefolgt. Und er wohnt zurzeit bei seinem Bruder, bis er eine neue Wohnung hat.“
„Wollen wir bei Kallitzki klingeln und fragen?“, schlug Lena vor. „Sehr freundlich sah der Typ allerdings nicht aus …“
Plötzlich wurde von innen die Haustür aufgerissen – und im nächsten Augenblick drängte sich ein unglaublich dicker Mann an den Piranha-Piraten vorbei.
„Platz da!“, keuchte er ruppig und wankte breitbeinig weiter.
„Aber gerne“, entgegnete Leon sofort.
Er gab Lena und Till ein unauffälliges Zeichen, sich den Mann genauer anzusehen.

Was fiel Leon auf?

2
Ben

9. Der Dicke

Er hat Dosen von der Fleischerei Börner dabei", flüsterte Leon. Die Detektive hörten, wie sich im Mietshaus ein Fenster öffnete. „Zacharias!", brüllte eine tiefe Stimme auf die Straße hinunter. „Du hast den Mofaschlüssel vergessen! Und bring morgen Geld für die Wurst mit!" Platsch! – landete ein Schlüsselbund auf dem Bürgersteig, dann wurde das Fenster wieder zugeknallt.

Schwer atmend hob der Dicke den Schlüssel auf, schlurfte fluchend zum Mofa und tuckerte damit im Schneckentempo davon. Schneller schaffte es das Fahrzeug mit der Last nicht.

Die drei Freunde starrten Zacharias Kallitzki ungläubig nach.

„So ein Monster!", staunte Till, als der Dicke außer Hörweite war.

„Und wie der stinkt." Leon schüttelte sich. „Mindestens zehn Meilen gegen den Wind. Dem Kerl könnte ich blind folgen."

„Darauf wollen wir es lieber nicht ankommen lassen." Lena schlenderte zu den Fahrrädern. „Besser, wir rollen ihm so langsam wie möglich hinterher."

Till nickte. „Zacharias wohnt also doch nicht bei Anton. Sonst hätten sich die beiden nicht bis morgen verabschiedet. Wahrscheinlich hat Anton für seinen Bruder mit eingekauft."

Den drei Freunden kam es wie eine Ewigkeit vor, bis der Dicke ein paar Straßen weiter in eine Hofeinfahrt einbog. Dahinter lagen vier schäbige Wohnblöcke – und die Detektive ahnten sofort, in welchem Zacharias Kallitzki wohnte.

Wo wohnte der Verdächtige?

Block 1
1
Block 2
3
4
3
Fleischerei Börner
2

10. Das fehlende Namensschild

Aus dem Müllcontainer von Wohnblock Nummer zwei schaut 'ne Tüte der Fleischerei Börner raus“, raunte Lena.
Die Piranha-Piraten beobachteten, wie Kallitzki das Mofa abstellte und schließlich schnaufend im zweiten Wohnblock verschwand.
Auf den Namensschildern neben dem Eingang fanden die Detektive allerdings keinen Z. Kallitzki. Die meisten Schildchen waren so verblasst, dass man sie kaum noch entziffern konnte. Und einige Klingeln waren nicht einmal beschriftet.
„Der nette Herr Kallitzki scheint gerne unerkannt zu wohnen“, meinte Leon.
„Stimmt. Aber wir wissen jetzt ja, wie er aussieht“, entgegnete Till. „Am besten beziehen wir hier im Hof unauffällig Posten und lassen das Haus nicht mehr aus den Augen. Irgendwann öffnet Kallitzki vielleicht ein Fenster.“
Leon lachte. „Oh ja, das sollte er unbedingt machen. Wenn er nicht an seinem eigenen Gestank ersticken will.“
Die Piranha-Piraten verzogen sich in eine ruhige Ecke und nahmen Wohnblock Nummer zwei unter die Lupe. Einige Fenster standen offen und die Vorhänge blähten sich im Wind.
Plötzlich kicherte Leon. „Also, wenn nicht noch jemand so scheußliche Muster mag wie unser Müllmonster, weiß ich, in welchem Stockwerk Kallitzki wohnt.“

Was fiel Leon auf?

Block 2
OZI ist doof!

11. Im dritten Stock

Leon zeigte zu einem offenen Fenster im dritten Stock. „Durch das Tapetenmuster haben wir den Beweis, dass Zacharias Kallitzki den Müll in die Dünen gekippt hat. Ruf Henning an, Lena. Ohne ihn sollten wir uns das Müllmonster nicht vorknöpfen."

Bald darauf rollte Hennings Streifenwagen durch die Hofeinfahrt.
„Na, dann wollen wir den Herrn mal besuchen", sagte Henning, nachdem ihm die Detektive einen kurzen Lagebericht gegeben hatten.
Er stieg mit seinem Kollegen und den Piranha-Piraten die Treppe hinauf und klingelte an der Wohnungstür.
„Jaaa?", krächzte eine Frauenstimme von drinnen.
„Hier ist die Polizei. Wir wollen zu Herrn Kallitzki", rief Henning. „Bitte öffnen Sie."
Man hörte, wie sich der Schlüssel im Schloss drehte. Dann ging die Tür auf und sie standen einer schlampig gekleideten Frau gegenüber. „Kallitzki? Kenn ich nicht", raunzte die Frau und zog an einer Zigarette. „Ich wohn hier mutterseelenalleine."
Lena zupfte Henning am Ärmel. „Ohne ihre Mutter wohnt sie hier ja vielleicht. Aber nicht alleine."

Was hatte Lena gesehen?

ZEI

12. Die verräterische Zigarette

Lena lief an der Frau vorbei in die Küche und zeigte auf eine Zigarette, die dort im Aschenbecher vor sich hin qualmte.
„Rauchen Sie immer zwei Zigaretten auf einmal?“, erkundigte sich Henning bei der Frau.
„Ähm … ja … nein, natürlich nicht“, stammelte die Alte mürrisch. „Das … das ist die Fluppe von meiner Freundin Else. Die ist aber grade gegangen …“
Till schüttelte energisch den Kopf. „Dann hätten wir sie sehen müssen. Wir stehen schon eine ganze Weile vor dem Haus.“
„Nein, Kallitzki ist hier in der Wohnung. Ganz sicher, Henning.“ Leon rümpfte die Nase. „Ich kann ihn riechen.“
„Bist du jetzt unter die Spürhunde gegangen?“, fragte Henning erstaunt.
Er gab seinem Kollegen ein Zeichen, weiter die Wohnungstür zu überwachen und ging mit den Piranha-Piraten von Raum zu Raum.
„Das dürfen Sie nicht!“, krächzte die Frau nervös. „Ich rufe die Polizei!“ Sie stutzte kurz. „Ach so, das sind Sie ja selbst …“
Henning öffnete die Tür zum Schlafzimmer.
„Puh!“, rief Leon spontan. „Hier müffelt’s besonders übel.“
Lena begann zu grinsen. „Kein Wunder, Bruderherz. Kommen Sie raus, Herr Kallitzki. Ich habe Sie entdeckt.“

Wo hatte sich der Ganove versteckt?

Harley for ever
See bote
Fleischerei
Börner

Der Gemälderaub

1. Der Museumsbesuch

Lustlos schlurften Till und die Zwillinge mit ihrer Klasse durch das Museum für Malerei.

„Ich find's langweilig. Da können die Bilder hier so wertvoll sein, wie sie wollen", raunte Lena den Jungen zu, während ihnen ihr Kunstlehrer nun schon das zehnte Gemälde zu erklären versuchte. „Aber schaut euch mal die langen Vorhänge an. Da fällt mir doch glatt wieder ein, wie der dicke Kallitzki versucht hat, sich im Schlafzimmer hinter so einem Teil zu verstecken."

Leon nickte. „Das war echt witzig …"

„Ja, und spannender als das hier", fügte Till gähnend hinzu.

Sie trotteten hinter der Klasse her in den nächsten Saal.

„Oh nein, nicht noch mehr Bilder!", stöhnte Till leise auf.

„Anderen Leuten scheint die Ausstellung aber zu gefallen", meinte Leon. Er deutete auf die vielen Besucher, die interessiert vor den Gemälden standen.

Da runzelte Lena plötzlich die Stirn. „Das ist ja seltsam!", flüsterte sie im nächsten Moment. „Mir haben die Wachmänner am Eingang vorhin mein Taschenmesser abgenommen, als der Metalldetektor gepiepst hat. Mit dem werden doch alle Besucher kontrolliert. Wieso konnte dann die Frau dort mit einem Messer reinkommen?"

Welche Besucherin meinte Lena?

2. Der Alarm

Meinst du die, die sich gerade den Schuh bindet?“, vergewisserte sich Leon, als er den Messergriff entdeckt hatte, der aus dem Stiefel einer jungen Frau lugte.
„Genau“, erwiderte Lena. „Anscheinend ist sie mit dem Mann hier, der neben ihr steht.“
Die Frau erhob sich und das Paar schlenderte an ihnen vorbei in den ersten Saal.
Till musterte die Stiefel aus der Nähe. „Ich kann mir denken, wie sie das Messer hier reingebracht hat. Die Stiefel haben Verzierungen aus Metall“, sagte er. „Bestimmt hat der Detektor angeschlagen. Aber die Wachen dachten, das hätte an den Verzierungen gelegen. Nach einem Messer haben sie gar nicht gesucht.“
„Und für was braucht die Frau das Ding?“, murmelte Lena.
Ihr Lehrer unterbrach seinen Vortrag.
„Was soll denn das ständige Getuschel dahinten?“, fragte er streng. „Lena, du wiederholst jetzt bitte, was ich gerade zu diesem Gemälde gesagt habe.“
Lena schluckte verlegen. „Ja … ähm, also …“, begann sie.
Da gellte die Alarmanlage los – so schrill und laut, dass sich alle Besucher die Ohren zuhielten.
Verdutzt schauten die Piranha-Piraten in alle Richtungen.
„Ich weiß, was passiert ist!“, versuchte Lena, den Jungen über den Lärm hinweg zuzurufen.

Was hatte Lena beobachtet?

3. Ein dreister Raub

Unser Pärchen flüchtet mit einem Bild!“ Sie deutete aufgeregt durch die offenen Türen in den ersten Saal, wo sie gerade noch einen Stiefel und den Bilderrahmen verschwinden sah.
Sofort nahmen die Detektive die Verfolgung auf.
„Halt! Hiergeblieben!“, brüllte ihnen ihr Lehrer nach.
„Geht leider nicht!“, schrie Till entschuldigend über die Schulter zurück. „Das ist ein Fall für die Piranha-Piraten!“
Er flitzte mit den Zwillingen in die riesige Eingangshalle. Auf den ersten Blick sahen sie, dass die Eingangstore, die bei ihrer Ankunft weit offen gestanden hatten, nun durch Gitter verschlossen waren. Davor standen Wachleute. Nur von dem Pärchen war in der Menschenmenge nichts mehr zu sehen.
Draußen sauste ein Streifenwagen heran, im nächsten Augenblick ließen die Wachmänner Henning und seinen Kollegen ins Museum und endlich stellte auch jemand die Alarmanlage ab.
„Die Täter sind noch im Gebäude“, hörten die Piranha-Piraten einen der Sicherheitsleute Bericht erstatten. „Alle Türen und Fenster verriegeln sich automatisch mit dem Alarm, der auch Ihre Zentrale informiert hat. Hier kommt keine Maus mehr raus.“
„Der weiß nicht, wie dünn sich dein Schumacher machen kann, Schwesterherz“, murmelte Leon. Plötzlich nahm er aus den Augenwinkeln eine Bewegung wahr. „He! Dahinten verdünnisieren sich gerade die Räuber!“

Was fiel Leon auf?

SECURITY
AUFZU

4. Flucht im Fahrstuhl

Kaum hatten auch Lena und Till gesehen, dass in der Fahrstuhltür am Ende der Halle ein gepunkteter Schal klemmte – da fuhr der Fahrstuhl schon nach oben.

„Henning, komm schnell!“, rief Lena.

Der Polizist machte große Augen. „Wieso seid ihr denn hier?“

„Erklären wir später“, sagte Leon. „Wir müssen zur Treppe!“

Immer zwei Stufen auf einmal nehmend, stürmten die Piranha-Piraten mit den Polizisten die Treppe hinauf und erzählten ihnen von dem Pärchen mit dem Messer.

In jedem Stockwerk schaute Till rasch, ob der Fahrstuhl gehalten hatte. Doch jedes Mal befand sich der Aufzug weiter auf dem Weg nach oben.

Schließlich erreichten die Detektive den sechsten Stock.

„Endstation!“, rief Lena atemlos – und starrte mit den anderen in die leere Fahrstuhlkabine. „Mist, wo sind die denn hin?“

Sie schauten sich ratlos um.

„Leider sind alte Gebäude immer so fürchterlich verwinkelt und vollgestellt“, seufzte Henning.

„Hm, das geklaute Bild war ziemlich groß und hatte einen breiten Rahmen“, überlegte Leon laut. „Damit können sich die beiden eigentlich nicht so leicht verstecken.“

Da pfiff Till durch die Zähne. „Das Problem hat unser Pärchen schon gelöst.“

Was hatte Till entdeckt?

zerbrechlich
oben

5. Ein raffinierter Plan

„Ach, dazu hat die Frau das Messer gebraucht!“ Lena fiel es wie Schuppen von den Augen, als Till auf den leeren Rahmen zeigte, der hinter anderen Gemälden verborgen war. „Die haben das Bild einfach rausgeschnitten!“

Henning runzelte die Stirn. „Ja, das war wohl von Anfang an so geplant. Vermutlich hatten die Räuber das Museum lange ausspioniert. Sie wussten, dass sich alle Ausgänge verriegeln, sobald sie das Gemälde von der Wand nehmen. Also müssen sie vorher einen anderen Fluchtweg ausgekundschaftet haben.“

„Aber wo soll der hier oben sein?“, fragte Leon. „Und warum hat das Pärchen den leeren Rahmen versteckt?“

Lena nickte. „Das ist eine gute Frage, Bruderherz. Sie hätten ihn auch einfach offen stehen lassen können …“

„… es sei denn, ihre Verfolger sollen glauben, dass sie ihn immer noch mitschleppen“, grübelte Till – und wurde plötzlich aufgeregt. „Treffer! Der Fluchtweg muss so eng sein, dass der Rahmen nicht durchpasst. Und das sollen wir nicht wissen.“

„Ganz schön raffiniert“, staunte Leon.

„Meinst du die Räuber, oder mich?“, fragte Till grinsend. „Also los! Wir suchen nach einem engen Fluchtweg!“

Sofort schwärmten die Piranha-Piraten aus.

„Hierher!“, alarmierte Leon kurz darauf die anderen.

Wo war der Fluchtweg?

6. Auf dem Dachboden

„Ich weiß, wo es weitergeht!“ In der Decke über Leon befand sich eine kleine geschlossene Luke, durch die ein Erwachsener gerade noch so hindurchpasste.

Till pfiff leise. „Die alten Stühle hier sind sicher nicht zufällig umgestürzt. Das Pärchen könnte sie zum Hochklettern aufeinandergestapelt haben. Und dann wurden sie von oben umgestoßen, um den Hinweis zu beseitigen.“

„So könnte es gewesen sein“, gab ihm Henning recht. „Wir sollten auf alle Fälle nachsehen.“

Gemeinsam stellten sie die Stühle wieder aufeinander. Dann hielt Hennings Kollege die Konstruktion fest und die Piranha-Piraten zwängten sich einer nach dem anderen durch die Luke. Als Letzter folgte ihnen Henning.

„Wow! So einen riesigen Dachboden hab ich noch nie gesehen!“, raunte Till, nachdem sich seine Augen etwas an die Dunkelheit gewöhnt hatten.

„Und ich noch nie so viele Spinnweben“, brummte Henning. „Hier oben war seit hundert Jahren keiner mehr.“

„Außer den Spinnen natürlich“, scherzte Leon. „Und ein paar Verwandten von Schumacher …“

„Und die Räuber!“, fügte Lena flüsternd hinzu.

Welche Beobachtung machte Lena?

7. Das vergessene Fenster

Im Staub, der den Boden wie eine dicke Puderschicht bedeckte, waren schwache Schuhabdrücke zu erkennen.
Die Piranha-Piraten schauten Henning fragend an.
Der Polizist legte einen Finger auf die Lippen und gab den Detektiven ein Zeichen, ihm in sicherem Abstand zu folgen.
Vorsichtig schlichen die vier über den Dachboden, immer den Abdrücken nach. Schließlich führten die Spuren um eine Ecke – und es wurde plötzlich heller.
„Ein Fenster!“, riefen die Piranha-Piraten überrascht.
Denn leise brauchten sie nicht mehr zu sein: Die Abdrücke führten zum Fenster und das stand sperrangelweit offen.
„Ein genialer Fluchtweg!“ Henning schien die Täter fast zu bewundern. „Als die Alarmanlage ins Museum eingebaut wurde, hat wohl niemand an die Luke und das Giebelfenster hier oben gedacht. Das hat dieses schlaue Pärchen ausgenutzt.“
Die Piranha-Piraten eilten zum Fenster und lehnten sich hinaus.
„Hilfe! Ich bin nicht schwindelfrei!“, stöhnte Leon erschrocken.
„Hier geht's die vollen sechs Stockwerke runter!“
„Unser Pärchen ist aber rausgeklettert“, sagte Till. „Sonst müssten vom Fenster auch wieder Schuhabdrücke wegführen.“
„Stimmt. Meine werden das jedenfalls gleich tun“, sagte Leon.
„Schau erst noch mal raus, Bruderherz“, empfahl ihm da Lena.

Was war Lena aufgefallen?

8. In Luft aufgelöst

Die Frau hat nämlich was verloren."
Zu viert guckten sie zu dem Messer hinunter, das unten in einem frisch umgegrabenen Blumenbeet lag.
„Ob die Täter ein Seil dabeihatten?", rätselte Henning. „Aber das müsste hier oben ja noch befestigt sein …"
Lena nickte. „Und im Beet wären auch Abdrücke zu sehen."
„Dann hat sich das Pärchen mit dem Gemälde ab hier in Luft aufgelöst", meinte Leon gerade, als am Fenster ein Schwarm Tauben vorbeiflatterte. „Oder es ist fortgeflogen, wie die Turteltäubchen."
Der Schwarm ließ sich gurrend auf einem Mauervorsprung neben dem Fenster nieder.
„Treffer!", rief da Till. „Die Räuber sind echt schlau, Henning! Die sind nicht nach unten geflohen. Die sind über den Mauervorsprung auf's Dach gestiegen. Und von dort sind sie zu einer Stelle gelaufen, an der man leichter runterkommt."
„Natürlich, die Feuerleiter!", fiel es Henning ein. „Die ist Vorschrift für –" Er brach ab, denn von der entgegengesetzten Seite des Dachbodens drang plötzlich ein gewaltiges Krachen und Klirren zu ihnen herüber.
„Was war das?", riefen die Jungen verdattert – während Lena sofort zurück in die Dunkelheit flitzte.
„Hier sind die Räuber, Henning!", rief sie lachend. „Hol schon mal die Handschellen raus."

Wo hatte Lena die Diebe entdeckt?

Hatcas

Geldfälscher unterwegs

1. Die Blüte

Am Abend mampften die Zwillinge genüsslich Spaghetti und erzählten ihrer Mutter dabei von dem Abenteuer im Museum.

„Ein Glück, dass ihr nicht auch noch auf das morsche Dach geklettert seid!“, seufzte Frau Lehnert kopfschüttelnd. „Stellt euch vor, ihr wärt durch die Ziegel gebrochen, so wie die Räuber. Nicht auszudenken, was euch hätte passieren können!“

„Wir Piranha-Piraten passen schon auf“, versuchte Lena sie zu beruhigen. „Und so schlimm war das alles auch gar nicht.“

Da kam ihr Vater hereingeschneit. Das brachte Frau Lehnert auf andere Gedanken.

„Du bist heute aber spät dran, Schatz“, wunderte sie sich.

Müde stellte Herr Lehnert seine Einkaufstüten ab. „Ich musste noch zur Polizei. In der Buchhandlung stellte die Kassiererin fest, dass der Fünfziger, mit dem ich zahlen wollte, falsch war.“

„Du meine Güte! Und was geschah dann?“, fragte die Mutter erschrocken.

„Eigentlich hat niemand ernsthaft geglaubt, dass ich den Schein gefälscht habe“, erzählte Herr Lehnert. „Ich konnte der Polizei sogar den Hinweis geben, dass ich die fünfzig Euro zuvor im Supermarkt als Wechselgeld erhalten hatte.“

Die Zwillinge mussten gar nicht erst fragen, von welchem Supermarkt hier die Rede war.

Wo hatte Herr Lehnert eingekauft?

HASU
Ihr preiswerter
Hafen-Supermarkt

2. Internetrecherche

HASU. Ihr preiswerter Hafen-Supermarkt“, leuchtete es ihnen von der Einkaufstüte entgegen.

Herr Lehnert legte den Mantel ab, wusch sich die Hände und setzte sich mit an den Tisch. „Mmh, Spaghetti.“ Er atmete tief durch. „Wenigstens etwas Erfreuliches heute Abend.“

„Hast du den falschen Schein denn wiederbekommen?“, wollte Lena wissen. „Ich würde ihn gerne mal sehen.“

Ihr Vater schüttelte den Kopf. „Die Blüte blieb natürlich auf der Wache. Ich bekomme sie auch nicht durch einen echten Schein ersetzt. Wer sich Falschgeld andrehen lässt, hat leider Pech.“

„Na, fantastisch“, seufzte Frau Lehnert.

Leon verputzte rasch die letzten Nudeln. „Oh, dann schaue ich gleich im Internet nach, woran man Falschgeld erkennt.“

„Damit uns das nicht auch mal passiert“, fügte Lena hinzu – und schon sprangen die beiden auf und verschwanden in ihrem Zimmer.

Leon schaltete den Computer an. Über das Suchprogramm landeten sie auf einer Internetseite, auf der ein echter und ein falscher Fünfzigeuroschein abgebildet waren.

„Kein Wunder, dass Papa das Falschgeld nicht bemerkt hat“, murmelte Lena, während sie konzentriert auf den Bildschirm schaute. „Da muss man schon genau hinsehen, um die Unterschiede zu erkennen.“

Welche Unterschiede sah Lena?

Conan Doyle anrufen
Detektiv hand-buch
???
Fälle
DALL

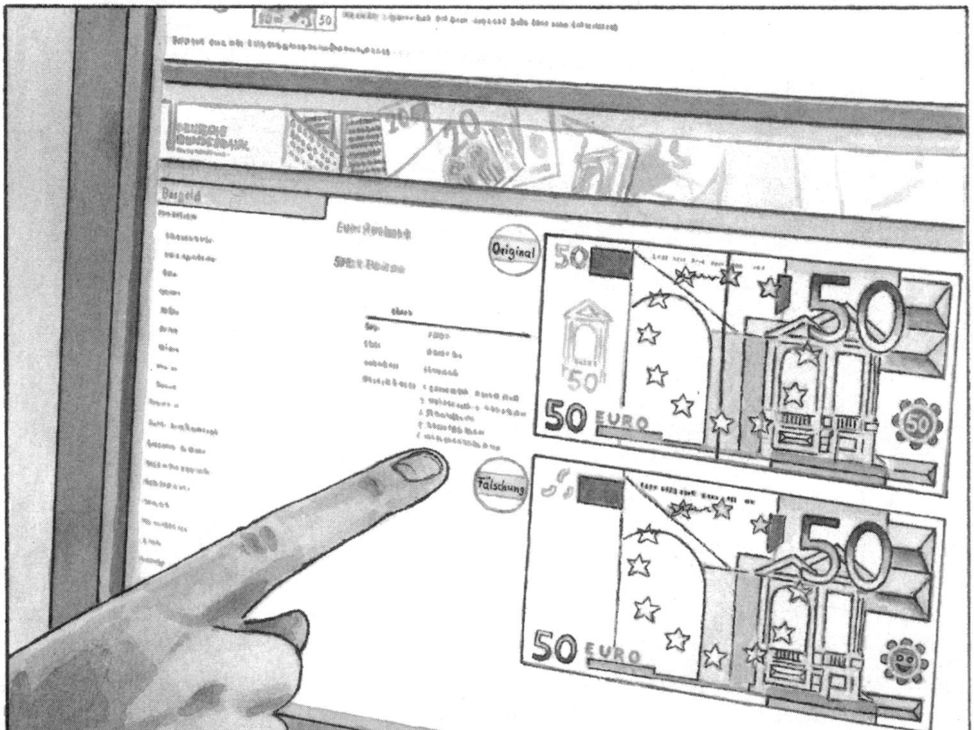
Original
Fälschung
50 EURO
50 EURO

3. Treffpunkt Supermarkt

Auf der Vorderseite der echten Banknote entdeckte Lena mehrere Dinge, die auf der falschen anders aussahen. Einige Merkmale fehlten sogar ganz.
Leon las den dazugehörigen Text vor: „Im Gegenlicht erkennt man bei echten Scheinen immer ein Wasserzeichen. Zweitens den Sicherheitsfaden und drittens ein Durchsichtsregister, das die Zahl 50 ergibt …“
„Aha“, meinte Lena. „Das reicht erst mal.“
„Da steht aber noch mehr“, wandte Leon ein.
„Egal.“ Lena schnupperte in der Luft. „Jetzt muss ich erst mal Schumachers Einstreu wechseln. Wenn Mama spitzbekommt, dass er müffelt, kann ich mir wieder einen Vortrag über Tierpflege anhören. Und du setzt inzwischen bei Mama und Papa deine Überredungskünste ein, damit wir uns noch mal mit Till treffen dürfen. Die Piranha-Piraten sollten so schnell wie möglich mit der Arbeit beginnen.“

Als die Zwillinge bald darauf am Supermarkt eintrafen, trat Till schon ungeduldig von einem Bein aufs andere.
„Schaut mal, wir sind nicht alleine an dem Fall dran“, begrüßte er Leon und Lena.

Was meinte Till?

Durch-
sichts-
register
Wasser-
zeichen
Relief-
buch-
staben
Sicher-
heits-
faden
Folien-
element
(Hologramm)
50
50 EURO

HASU
Ihr preiswerter Hafe
Bäckerei Kranz

4. Die Überwachungskamera

Vor dem Laden stand ein Streifenwagen.
„Ist doch klar, dass auch die Polizei ermittelt“, sagte Leon. „Unser Vater hat die Blüte ja auf dem Revier abgegeben.“
„Wir haben ihn übrigens noch mal befragt. Ihm ist nichts aufgefallen, als er die falsche Banknote bekommen hat“, erzählte Lena.
„Ob es dann was nutzt, hier zu stehen?“ Till runzelte zweifelnd die Stirn. „So ein Geldschein geht wahrscheinlich durch viele Hände, bis jemand merkt, dass er nicht echt ist.“
In diesem Augenblick verließ Henning den Supermarkt. Er winkte und kam herübergelaufen.
„Hallo! Verfolgt ihr mich etwa?“, scherzte er. „Sicher habt ihr schon von der Blüte gehört. Wegen der Aussage eures Vaters habe ich mir eben die Aufzeichnungen der Überwachungskamera angeschaut.“
„Und?“, fragte Lena aufgeregt.
„Es war zu erkennen, wie ein Mann kurz vor eurem Vater mit einem Fünfziger bezahlt. Aber das Gesicht war geschickt durch eine Baseballkappe verdeckt. Auffällig war allerdings eine Tätowierung auf seinem Arm.“ Henning warf einen Blick auf seine Uhr. „So, ich will das Band auf der Wache von unseren Spezialisten auswerten lassen. Macht es gut.“
„Mann mit Kappe und Tätowierung“, überlegte Till, als Henning weg war. „So einer fiel mir auf, als ich auf euch gewartet habe.“

Wen hatte Till gesehen?

Hafenstraße

5. Eine auffällige Tätowierung

Er pfiff leise durch die Zähne und fuhr im Flüsterton fort: „Schaut mal unauffällig zur Straßenecke."

Am Straßenschild lehnte ein Mann, auf den die Beschreibung passte. Er schien die Detektive zu beobachten. Denn als Lena und Leon hinüberguckten, senkte er den Blick und verbarg sein Gesicht unter dem Schirm der Baseballkappe.

„Der Kerl hat bestimmt mitbekommen, wie wir mit Henning gesprochen haben", raunte Lena. „Jetzt ist er gewarnt."

„Wenn er überhaupt der Täter ist. Männer mit Kappe und Tattoo gibt es viele", gab Leon zu bedenken.

„Aber nicht vor diesem Supermarkt", sagte Till.

Die Piranha-Piraten beobachteten, wie der Mann auf den Laden zuschlenderte. Doch er ging nicht hinein, sondern kaufte nur beim Bäcker vor dem Eingang ein paar Brötchen.

„Der bezahlt mit Münzen." Lena klang enttäuscht.

„Na ja, selbst wenn er fünfzig Euro hingelegt hätte, wäre noch nichts bewiesen gewesen", meinte Leon.

Der Verdächtigte bummelte weiter – und blieb gleich darauf vor einem bunt dekorierten Schaufenster stehen. Interessiert betrachtete er die Auslage.

„Hey, der will fliehen!", vermutete Till.

Wie kam Till darauf?

Inhaber:
Kerchhobel
Bücher
Books
Livres
22
UNIVERSORD
BUCHHANDLUNG
Bäckerei
Kranz
Hier

6. In der Spelunke

Meinst du, weil er sich das Schaufenster des Reisebüros anguckt?“, fragte Lena. „Könnte sein!“

Jetzt kehrte der Mann um und lief in Richtung Hafen zurück.

„Sehr verdächtig!“, witzelte Leon. „Ihr zwei seht Gespenster.“

„Wir gehen dem Typen trotzdem nach“, entschied Lena ein wenig beleidigt. „Oder hast du eine bessere Spur?“

Die Piranha-Piraten folgten dem Unbekannten so unauffällig wie möglich. Als der Mann einmal über die Schulter blickte, suchten die drei sofort zwischen parkenden Autos Deckung.

Schließlich betrat der Mann eine Kneipe. Aus der offenen Tür schwappte lautes Grölen in die Dämmerung hinaus.

„In so einer Spelunke war ich noch nie. Am besten, wir warten hier draußen auf ihn“, schlug Till vor.

„Wenn der sich ein paar Bierchen genehmigt, dauert das“, meinte Leon. „Irgendwann müssen wir wieder nach Hause.“

„Und vielleicht zahlt er da drinnen mit einem Fünfziger“, sagte Lena. „Das würde ich zu gerne wissen.“

Till kratzte sich am Kopf. „Also gut, gehen wir rein.“

„Wenn uns jemand blöd anquatscht, hetze ich Schumacher auf ihn“, beruhigte ihn Lena und streichelte die Maus in der Bauchtasche.

In der Kneipe ging es hoch her. Doch den Verdächtigen konnten die Piranha-Piraten nirgends entdecken.

„Aber unser Mann war hier, das ist klar“, meinte Lena.

Was fiel Lena auf?

Toilette
Kranz

7. Die Brötchentüte

Stimmt, seine Brötchentüte liegt auf dem Tresen", stellte Leon fest.

„Was wollt ihr denn?", herrschte eine Kellnerin die drei Freunde im nächsten Moment an. „Babys haben hier nichts verloren."

Leon nahm seinen ganzen Mut zusammen. „Wir … ähm … wir suchen meinen Papa." Er zeigte zur Theke. „Da liegen die Brötchen, die er eigentlich nach Hause bringen sollte. Meine Mama wartet schon darauf …"

„Dein Alter ist auf dem Klo. Rannte gleich nach hinten durch, als er reinkam." Die Frau lachte rau und hielt ihm die Brötchentüte hin. „Hier, nimm. Und nun lauf heim zu deiner Mami."

Energisch schob sie die Piranha-Piraten zur Tür hinaus – und die Männer in der Kneipe grölten noch lauter.

Draußen war keinem zum Lachen zumute.

„Na super!" Entsetzt guckte Lena auf die Tüte in Leons Hand. „Wenn der Typ spitzkriegt, dass wir die Brötchen entführt haben …"

„… weiß er, dass wir ihm folgen", ergänzte Leon.

„Das weiß er auch so." Till blies enttäuscht die Backen auf. „Der ist doch nur in die Kneipe, um uns abzuhängen und durch die Hintertür zu verduften."

Sie rannten um das Gebäude herum und entdeckten ein offen stehendes Toilettenfenster. Lenas Miene hellte sich auf.

Was hatte Lena entdeckt?

TwO Kings
BUGS RAUS !
Gandalf waz here !
POETRY SLAM
Terror-ducks
Bäckerei Kranz
Pizza

8. Fährte aus Federn

An einem Holzsplitter des Fensterrahmens baumelte eine winzige weiße Feder. Und ein paar Meter weiter lag eine zweite auf dem Boden.
„Super!", rief Lena. „Der Typ hat sich beim Sprung aus dem Fenster die Daunenjacke aufgerissen. Wir müssen nur der Federspur folgen, um ihn wiederzufinden."
„Stimmt, aber wir sollten uns beeilen. Es ist zwar fast windstill, aber die Daunen könnten trotzdem wegwehen", sagte Till.
Die Piranha-Piraten machten sich auf den Weg. Mal schwebte ein Federchen in der Abendluft über dem Gehsteig, mal schwamm eins durchnässt in einer Pfütze.
„Ich komme mir vor wie bei Hänsel und Gretel im Wald." Leon grinste. „Immer auf der Suche nach dem nächsten Brotkrümel."
Die Spur führte über den Marktplatz und dann in eine Wohngegend. Dort endete sie vor einer Appartementanlage.
Lena drückte die Türklinke. Doch der Eingang war verschlossen.
Till schaute zu den erleuchteten Fenstern hinauf. „Am besten, wir beobachten die Fenster von der anderen Straßenseite aus", schlug er vor. „Vielleicht lässt er sich hinter einem blicken."
Doch es kam anders. Kaum hatten die Detektive ihre Position bezogen, da ging die Tür auf – und der Gesuchte trat heraus.
„Jetzt weiß ich, wo seine Wohnung ist", sagte Lena.

Woran erkannte Lena die Wohnung?

9. Ein roter Sportwagen

Die einzigen Fenster, die dunkel geworden sind, liegen im Erdgeschoss“, erklärte Lena den anderen.

Der Mann knöpfte gerade seine Jacke zu, als vor dem Haus ein roter Sportwagen hielt. Schwungvoll riss er die Beifahrertür auf, küsste die junge Frau am Steuer und das Auto brauste davon.

„Für heute ist die Verfolgung beendet“, stellte Leon trocken fest. „Oder will jemand dem Ferrari hinterherflitzen? Vielleicht dein Schumacher, Schwesterherz?“

Lena schnitt ihm eine Grimasse. „Ich weiß was Besseres. Jetzt schreibe ich erst mal Fahrzeugtyp und Kennzeichen auf. Und dann“, sie grinste unternehmungslustig, „dann steigen wir in die Wohnung ein.“

„Wie denn das?“, fragte ihr Bruder verdattert.

„Wir können doch nicht die Tür aufbrechen!“, rief Till. „Damit würden wir uns strafbar machen! Ich will nicht ins Gefängnis!“

Leon stimmte ihm zu: „Genau, nur der Geldfälscher soll ins Kittchen wandern.“

„Du willst doch immer Beweise haben“, erinnerte ihn Lena. „Bestimmt finden wir etwas in der Wohnung, wenn er wirklich der Täter ist. Außerdem habe ich nichts von Aufbrechen gesagt. Seht ihr denn nicht, was ich sehe?“

Was fiel Lena auf?

10. Eine heiße Spur

Lena zeigte den Jungen, dass ein Fenster der Wohnung im Erdgeschoss nur angelehnt war. „Das hat er wahrscheinlich vor lauter Vorfreude auf seine Liebste vergessen zuzumachen.“
„Tja, wenn das sooo ist …“, murmelte Till.
„Und wir klauen ja auch nix …“, überlegte Leon.
Sie guckten nach allen Seiten, ob sie beobachtet wurden und gelangten mühelos in die Wohnung.
„Ich komme mir trotzdem wie ein Einbrecher vor“, flüsterte Till, als er im Schlafzimmer des Verdächtigen stand.
Auch den Zwillingen schlugen die Herzen bis zum Hals.
Einen Augenblick lang verharrten die Detektive lauschend im Dunkeln. Dann wagte es Lena, die Taschenlampe anzuknipsen. Stück für Stück ließ sie den Lichtkegel durch den Raum gleiten.
„Ein Ordnungsfanatiker scheint der Mann nicht gerade zu sein“, kommentierte Till die Unordnung im Zimmer leise.
„Ja, nur schmutzige Socken und so Kram“, murmelte Lena. „Nichts Besonderes.“
„Hast du erwartet, dass sich das Geld hier häuft wie bei Dagobert Duck?“, raunte ihr Bruder.
Die drei Freunde schlichen ins Wohnzimmer. Wieder wanderte der Strahl der Taschenlampe suchend über die Einrichtung.
„Da, auf dem Schreibtisch!“, flüsterte Till plötzlich aufgeregt.

Was hatte Till erspäht?

11. Geburtstagsgrüße

Unter einem Haufen Papier lugte die Zahl 50 hervor.

„Sieht tatsächlich merkwürdig aus“, meinte Leon. „Wartet, ich ziehe das Ding mal vorsichtig raus.“

Ungeduldig sahen die anderen zu, was da Stückchen für Stückchen zum Vorschein kam: eine Glückwunschkarte.

Zuerst wussten die Piranha-Piraten nicht, ob sie sich ärgern oder lachen sollten.

Leon schlug die Karte auf und las vor: „Mein lieber Dieter! Zu Deinem runden Geburtstag wünsche ich Dir Glück und Gesundheit. Bleib weiter ein guter Junge und besuche mich bald wieder. Deine alte Tante Martha.“

Sekunden später prusteten alle drei los.

„Tante Martha hält Dieter für einen guten Jungen“, gluckste Till.

„Vielleicht ist er das ja auch“, meinte Leon. „Noch haben wir nichts gegen ihn in der Hand.“

„Vielleicht muss Tante Martha ihren guten Dieter aber bald selbst besuchen“, kicherte Lena. „Nämlich im Kittchen.“

In ihrer Bauchtasche fiepte Schumacher und wollte heraus.

„Wir sind dir zu albern, stimmt's?“, fragte Lena die Maus.

Statt einer Antwort sprang Schumacher von ihrer Hand und flitzte unter den Schreibtisch.

„Halt, hiergeblieben!“ Lena bückte sich – und starrte im nächsten Moment verblüfft unter die Tischplatte.

Was sah Lena?

Seebote

12. Ein bärtiger Fund

Hier klebt ein Schlüssel!“ Für ein paar Augenblicke vergaß Lena sogar ihre Maus, pulte den Fund eilig ab und reichte ihn den Jungen. „Wozu könnte der denn gehören?“

Leon und Till drehten den Schlüssel hin und her.

„Ein normaler Türschlüssel ist das jedenfalls nicht“, stellte Till fest. „Wegen des doppelten Bartes. In Fernsehkrimis sehen so immer die Tresorschlüssel aus.“

„Ob hier in der Wohnung ein Safe versteckt ist?“, überlegte Lena. „Ihr könntet schon mal danach suchen, während ich Schumacher einfange.“

Nur mit vielen Schmeicheleien und noch mehr Leckerlis ließ sich Schumacher überreden, wieder unter dem Schreibtisch hervorzukommen. Genug Zeit für Leon und Till, sich auch in Küche und Bad umzusehen.

„Außer noch mehr Unordnung nichts gefunden“, berichteten sie, als Lena die Maus gerade wieder behutsam in die Tasche steckte.

Lena nahm noch einmal den Schlüssel in die Hand und entfernte nun auch das graue Klebeband.

„Seht euch das an“, sagte sie.

Welchen Hinweis entdeckte Lena?

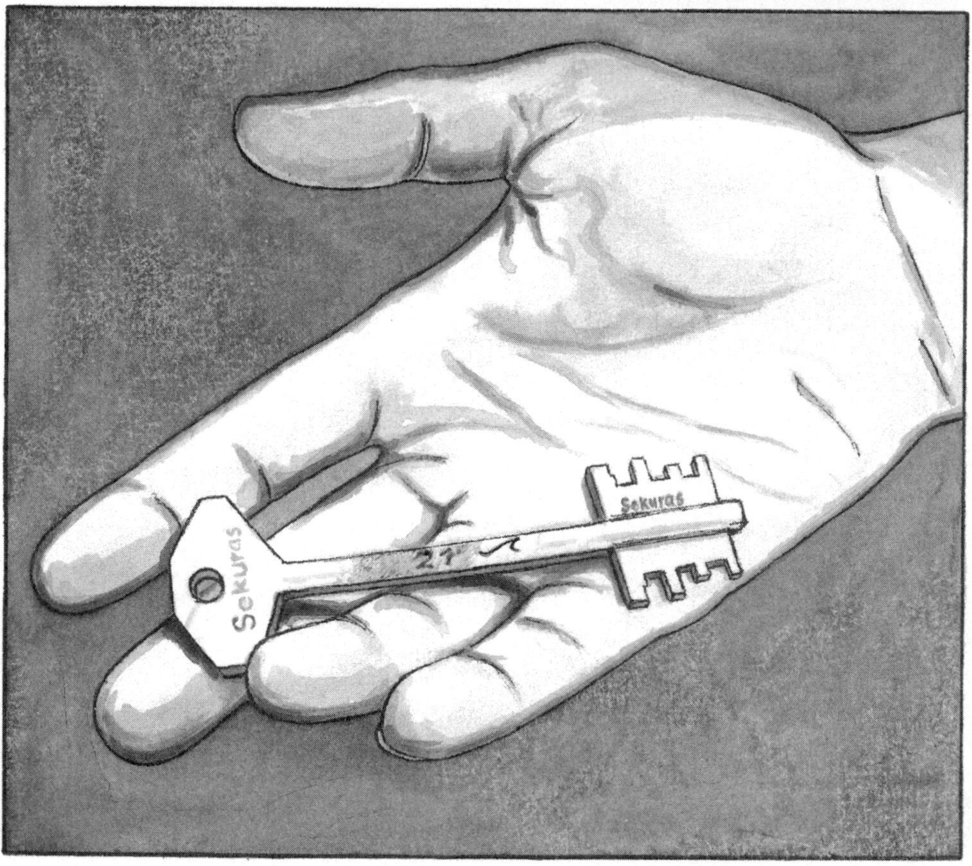
Sekuras
Sekuras

13. Das geheimnisvolle Symbol

Unter den Kleberresten könnte eine 21 sein", vermutete Lena. Doch noch interessanter fanden die Piranha-Piraten ein kleines Symbol.

„Ob das eine Welle darstellt?", rätselte Leon.

Till pfiff leise durch die Zähne. „Wellen gibt es am Meer." Seine Augen begannen zu leuchten. „Und im Meerwasser-Wellenbad!"

„Du meinst das neue Ding, in das die Touristen gehen, die sich nicht ins Meer trauen?", vergewisserte sich Lena.

„Genau. Wahrscheinlich stammt der Schlüssel von dort."

„Wenn das so ist, machen wir für heute lieber Schluss." Leon tippte auf seine Uhr. „So spät hat das Wellenbad sicher schon zu. Außerdem mach ich mir allmählich Sorgen …"

„… dass Dieter wiederkommt?", wollte Lena wissen.

„Dass Mama und Papa eine Vermisstenanzeige aufgeben, wenn wir nicht bald zu Hause auftauchen", entgegnete Leon.

„Gut, dann lasst uns verschwinden", meinte Lena. „Nehmen wir den Schlüssel mit?"

Till schüttelte den Kopf. „Wir sollten ihn lieber an seinen alten Platz kleben. Sonst merkt Dieter sofort, dass ihm jemand auf der Spur ist. Und er verduftet vielleicht wirklich."

Rasch kroch Lena noch einmal unter die Tischplatte, um den Schlüssel wieder anzubringen. „Ein Glück, dass ich mir genau die Stelle gemerkt habe."

Woran erkannte Lena die richtige Stelle?

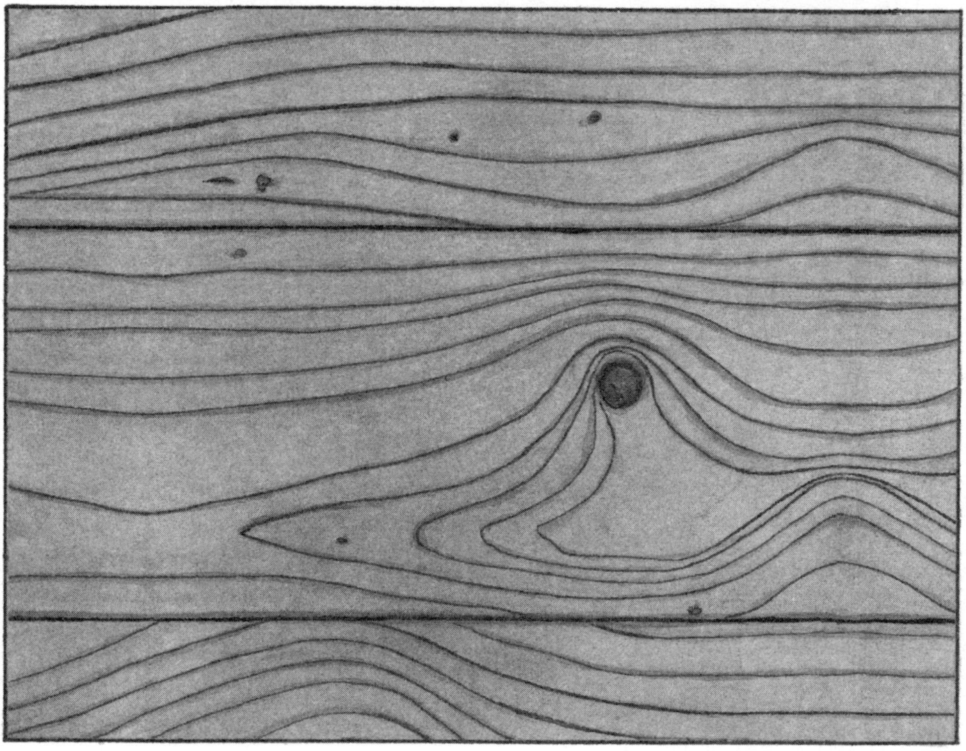

14. Im Schwimmbad

Lena klebte den Schlüssel links neben das Astloch, das ihr zuvor aufgefallen war. Dann knipste sie die Taschenlampe aus und die drei verschwanden so leise und unauffällig durch das Fenster, wie sie gekommen waren.

„Gut, dass morgen Sonntag ist", meinte Till auf dem Heimweg. „Da können wir gleich am Vormittag zum Wellenbad fahren."

Die Zwillinge nickten.

„Am besten, wir schauen noch schnell im Internet nach, wann es öffnet", schlug Leon vor.

Am nächsten Tag trafen sich die Piranha-Piraten um zehn Uhr und machten sich mit ihren Rädern auf den Weg.

„Hoffentlich finden wir hier den Schrank, zu dem der Schlüssel passt", sagte Till, als sie vor einem großen, modernen Gebäude am Ortsrand ankamen.

„Meerwasser-Wellenbad" stand über dem Eingang.

Staunend betraten die Piranhas die Eingangshalle, denn das Erste, was sie sahen, waren Schlangen – Menschenschlangen.

„Unglaublich", wunderte sich Leon. „Hier ist ja der Teufel los."

„Aber ich sehe trotzdem, was wir suchen", freute sich Lena.

Worauf wurde Lena aufmerksam?

Meereswasser
Wellenbad
WC

15. Endstation Wellenbad

Über der Eintrittskasse ist ein Zeichen, das wie der Schlüssel unseres Verdächtigen aussieht."

Darunter zeigte ein Pfeil nach links. Neugierig folgten die Detektive der Beschilderung, bogen um die Ecke – und entdeckten am Ende des Ganges Hunderte von Schließfächern. Einige standen ungenutzt offen. Doch Nummer 21 war verschlossen.

„Volltreffer!" Till pfiff durch die Zähne. „Mann, jetzt ärgere ich mich doch, dass wir Dieters Schlüssel nicht mitgenommen haben!"

„Sollen wir ihn holen?", schlug Lena vor.

„Noch mal einsteigen?" Leon schüttelte es alleine bei dem Gedanken. „Wir können von Glück sagen, dass wir beim ersten Mal nicht entdeckt wurden."

„Was schlägst du stattdessen vor, Bruderherz?"

Leon zögerte kurz. „Wir fragen Henning um Rat. Immerhin wissen wir inzwischen, wo unser Verdächtiger wohnt und dass er den Schlüssel für dieses Schließfach versteckt hält. Was ja doch merkwürdig ist."

Till nickte. „Normalerweise schließt man hier nur seine Wertsachen ein, solange man sich im Schwimmbad aufhält."

Seufzend betrachtete Lena die Tür des Faches. „Ich würde zu gerne wissen, was da drin ist." Sie kniff ihre Adleraugen zusammen – und begann plötzlich zu schmunzeln. „Ja, wir rufen Henning an."

Was hatte Lena entdeckt?

slash

Vandalen am Werk

1. Der Autounfall

Auf das Kajütendach prasselten dicke Regentropfen. Doch in der Meeresperle hockten die Piranha-Piraten gemütlich mit Henning und Knut Jensen beisammen und tranken Kakao. Den hatte der alte Seebär mitgebracht.

„Der Geldfälscher hatte die Blüten schlampig in das Schließfach gestopft", erzählte Henning. „Durch den Schein, den Lena entdeckt hatte, war es nicht schwer, den Fall aufzuklären –"

Er wurde vom Klingeln seines Handys unterbrochen.

„Ja?", meldete sich Henning, lauschte und sah sich nach etwas zum Schreiben um. Dankbar ergriff er Block und Stift, die Till ihm reichte. „Bis gleich", beendete er kurz darauf das Gespräch.

„Ein neuer spannender Fall?", erkundigte sich Lena sofort.

Henning schüttelte den Kopf. „Nur ein Autounfall. Hätte ich mir auch so merken können." Er riss die Notiz trotzdem vom Block und wandte sich an seinen Onkel. „Soll ich dich auf dem Weg in die Stadt zu Hause absetzen?"

„Gerne." Knut Jensen rieb sich die Knie. „Bei dem Schietwetter spür ich jeden Schritt in meinen ollen Knochen."

Er schraubte die leere Thermoskanne zu. Und gleich darauf waren die drei Freunde allein auf der Meeresperle.

„Ein Unfall klingt wirklich nicht spannend", meinte Lena.

„Interessieren würde mich trotzdem, wo Henning hinmuss", entgegnete Till und nahm den Block zur Hand.

Wie wollte Till den Unfallort feststellen?

2. Das Buchstabenrätsel

Auf der leeren oberen Seite sah man nur einige Druckspuren. Sorgfältig schwärzte Till sie mit einem flach gehaltenen Bleistift.

„Da kommt ja Hennings Notiz zum Vorschein!“, staunte Lena.

„Trick aus einem Krimi?“, fragte Leon.

Till nickte und las vor: „AU im SP auf FW“. Seine Augen begannen zu leuchten. „Wie nett von Henning! Seine Schreibfaulheit hat uns ein kleines Rätsel beschert!“

Lena schien nicht so begeistert: „Und wie willst du das bitte lösen? Ich meine, AU heißt Autounfall, das ist klar wie Kloßbrühe …“

„… und die beiden anderen Kürzel stehen für irgendwas in der Stadt“, vermutete Till. „Nur nicht für Straßen. Sonst hätte Henning nicht ‚im‘ und ‚auf‘ geschrieben. Das müssen Parks oder Plätze sein.“

„Bedeutet SP vielleicht Stadtpark?“, schlug Leon vor. „Aber es gibt keinen Stadtpark bei uns.“

„Stimmt.“ Till zog einen Stadtplan hervor, entfaltete ihn und begann, die Rückseite zu studieren.

„Ähm, was hältst du davon, vorne zu suchen?“, witzelte Leon. „Damit hast du bestimmt mehr Erfolg.“

„Über das alphabetische Straßenregister sind wir schneller“, widersprach Till, während seine Augen weiter über die Buchstaben wanderten. „Treffer! Hier stehen die Namen!“

Was bedeuteten die Kürzel?

Ahornweg C1
Altstadt D2
Am Baum E4
Am Fährhafen H7
Amselweg H3
Am Tivoli C2
An der Bleiche D5
Andreaspark G3
Augustenstraße C3
Aussicht A3

Bahnhofstraße K6
Ballhof A2
Bauhof A2
Benderstraße C5
Bismarckallee D3
Bremer Straße C3

Calvinstraße E4
Celciusweg E5
Charitéstraße B2

Festwiese A4
Freiheitsplatz A3
Friedensstraße A2
Funkelweg A3

Gerbergasse E2
Gerberstieg E2
Goethestraße D4
Grüne Straße C2

Hafenstraße H6
Hamburger Allee D5
Hangweg D1
Hasenstraße A3
Haydenstraße B3
Heideweg C2
Heinestraße D2

Im alten Landgut D1
Im kleinen Garten D3
Inselstraße H6

Lessingstraße D2
Lindemannstraße G6
Ludwigallee A2
Luisenstraße D1

Mackestraße C2
Marktplatz C2
Matrosengasse G6
Meergässchen H6
Merianweg D2
Merkurstraße G2
Mittelstraße G1
Möwenweg G5
Möwenstraße H4
Moorlandsweg C1
Mozartstraße B3
Mühlenweg C/D2

Nelkenstraße A2
Neptunweg H5
Neutor A3

Sandweg H4
Saturnstraße B2
Schillerstraße D2
Schlosserstraße D3
Schlossplatz G1
Schützenweg D1
Schulstraße D1
Schustergasse D2
Schwedengasse H6
Seeweg G5
Sonnenstraße A3
Skaterpark A4
Sternplatz B2
Sterntalergasse B1
Südweg C2
Sylter Straße C2

Talstraße B4
Taustraße G6
Tannenweg A2
Teichstraße A3

3. Tatort Festwiese

Mit Hennings Kürzeln könnten der Skaterpark und die Festwiese gemeint sein. Der Skaterpark liegt auf der Festwiese."
Till war trotzdem nicht zufrieden. „Aber im Skaterpark dürfen gar keine Autos fahren. Oder?"
„Das werden wir herausfinden", antwortete Lena und schnappte sich voller Tatendrang ihre Regenjacke. „Gut, dass Schumacher zu Hause geblieben ist. Bei dem Wetter würde er sich bestimmt einen Schnupfen holen."
„Wir sollten ausnahmsweise auch lieber den Bus nehmen, Schwesterherz", sagte Leon. „Mit den Fahrrädern werden wir nass bis auf die Knochen. Ich meine, wir sind zwar die Piranha-Piraten, aber trotzdem …"
Die Festwiese lag etwas außerhalb der Stadt. Von der Haltestelle des Linienbusses mussten die Piranha-Piraten deshalb noch ein Stück bis zum Skaterpark laufen. Doch schon aus einiger Entfernung sahen sie dort Blaulicht aufblitzen.
Vorsichtig näherten sich die Detektive.
„Da ist ja mächtig was los", murmelte Leon. „Feuerwehr, Polizei, Abschleppdienst, … sogar die Presse ist da." Er versteckte sich mit den anderen hinter einer dicken Eiche.
„Schaut mal den Unfallwagen an. Sieht echt übel aus", stellte Lena fest. „Wie ist das eigentlich passiert?"
„Hm", brummte Till. „Ich hab da so eine Ahnung."

Was vermutete Till?

Abschleppdienst
Skate festival

4. Ein missglückter Stunt

Nämlich?“, fragten die Zwillinge.
Till deutete auf eine beschädigte große Rampe. „Da wollten die drüberfahren, doch dann ist das Auto umgekippt.“
„Die?“ Leon guckte verständnislos. „Wen meinst du?“
„Die Jugendlichen, die hier manchmal rumlungern“, antwortete Till. „Meine Mutter hat mir davon erzählt, weil einer letzte Woche bei ihr im Krankenhaus eingeliefert wurde. Der war total voll. Dabei dürfen die Läden gar keinen Alkohol an Jugendliche verkaufen.“
Die Piranha-Piraten entdeckten Henning, der mit einem Mann im Anzug sprach. Schließlich fuhr ihr Freund weg – während der andere durch den Matsch zu seinem Auto watete, das in der Nähe der Eiche stand.
„Herr Bürgermeister!“, riefen ihm die Presseleute hinterher. „Bitte ein Interview!“
Durch das Rauschen des Regens konnten die drei Freunde die Antwort des Bürgermeisters nur schwer verstehen: „... letzte Nacht ... keine Zeugen ... zu abgelegen ... Bogen überspannt ... neulich eine Bank zertrümmert ... schließe den Park ...“ drangen bloß als Wortfetzen zur Eiche herüber.
Dann fuhr auch der Bürgermeister mit seinem Auto davon.
Leon war während des Lauschens ein Bein eingeschlafen und er verlagerte leise stöhnend sein Gewicht. Da knirschte etwas unter seinen Schuhen.

In was trat Leon hinein?

5. Scherbenhaufen

Seht euch das an“, brummte Leon. „Unter dem Laub liegt ein Haufen zerbrochener Flaschen. Hier scheint ein richtiges Saufgelage stattgefunden zu haben.“

„Igitt, wie eklig“, fand Lena. Trotzdem bückte sie sich, griff nach einem Stöckchen und stocherte zwischen den Scherben herum. „Aber vielleicht finden wir an den Flaschen einen Hinweis, wo sie gekauft worden sind.“

„Ähm ... wozu denn das?“, fragte ihr Bruder. „Verdächtigst du etwa die Jugendlichen, von denen Tills Mutter erzählt hat? Dass sie zu viel Alkohol trinken, ist noch längst kein Beweis dafür, dass sie alles kaputtmachen.“

„Du hast doch den Bürgermeister gehört.“ Lena richtete sich auf. „Glaubst du, alte Omas zertrümmern hier die Bänke und fahren mit Autos über die Rampen?“

„Außerdem ist es ungerecht, dass der Skaterpark für alle geschlossen werden muss, nur weil so ein paar bescheuerte Typen hier Randale machen“, bemerkte Till. „Das dürfen wir Piranha-Piraten nicht zulassen.“

Lena schob mit der Schuhspitze noch ein paar Scherben zur Seite. „Ich glaub, ich hab was“, murmelte sie plötzlich.

Welche Entdeckung machte Lena?

Kiosk
an der
Bleiche
Joke

6. Ein nasser Hinweis

Lena fischte zwischen den Scherben einen triefnassen Kassenzettel hervor und pulte ihn mit klammen Fingern auseinander: „Kiosk An der Bleiche“ konnten die Detektive entziffern.
„Ich weiß, wo das ist. Wollen wir hin?“, fragte Till die Zwillinge.
Lena guckte Leon an.
„In Ordnung“, gab ihr Bruder zögernd nach.
Die Piranha-Piraten fuhren mit dem Bus zurück in die Stadt.
Als sie den kleinen Platz, an dem der Kiosk lag, erreichten, hatte der Regen nachgelassen. Doch außer der Frau in der Holzbude war weit und breit kein Mensch zu sehen.
„Das Geschäft brummt ja geradezu.“ Till lehnte sich auf der anderen Seite des Platzes an eine Hauswand.
„Hast du geglaubt, dir werden die Täter hier auf dem Teller serviert?“, fragte Leon trocken. „Wir können uns das Warten ja mit ein wenig Geschichte vertreiben.“ Er deutete auf eine Tafel über Tills Kopf und las vor: „Der Name dieses Platzes stammt aus dem Mittelalter. Auf einer großen Wiese breitete man hier Stoffe zum Bleichen aus …“
„Da kommen ein paar Typen“, raunte Lena. „Ich glaube, unser gescheiterter Stuntfahrer ist auch dabei.“

Worauf spielte Lena an?

An der Bleiche
Der Name dieses Platzes stammt aus dem Mittelalter. Auf einer großen Wiese breitete man hier Stoffe zum Bleichen aus.

Bald Hörhin

7. Versperrte Sicht

Laut grölend bogen vier Jugendliche um die Ecke – und einer von ihnen war schlimm zugerichtet: Auf seiner Stirn prangte ein gewaltiges Pflaster und der linke Arm war verbunden.

Die Piranha-Piraten grinsten sich gegenseitig an.

„He, die Pickelgesichter kennen wir doch", bemerkte Till. „Die gehen zwei oder drei Klassen über uns auf die Schule."

Sie beobachteten, wie sich die Jugendlichen bei der Kioskbesitzerin mit Bier eindeckten.

Ausweise wollte die Frau aber nicht sehen.

„Denen wird es echt leicht gemacht", ärgerte sich Lena.

Die Jugendlichen zogen mit ihren Einkäufen weiter.

Da rollte plötzlich aus einer Gasse ein Lastwagen mit Anhänger heran, donnerte über das Pflaster des Platzes und versperrte den Detektiven die Sicht.

„Wo sind die Typen hin?", rief Till aufgeregt, als der Laster den Blick endlich wieder freigab.

Die drei Freunde reckten die Hälse.

„Wir haben sie verloren", sagte Leon schließlich.

„Das glaube ich nicht", widersprach seine Schwester im nächsten Moment. „Es sei denn, Katzen sind auf einmal nicht mehr wasserscheu."

Was hatte Lena beobachtet?

8. Belauscht

Aus einem Torbogen war eine schwarze Katze hervorgeschossen und rannte durch den Nieselregen davon.
„Keine Miezekatze holt sich freiwillig ein nasses Fell“, meinte Lena. „Die Knallköpfe stehen unter dem Torbogen und haben das arme Tier verjagt.“
Vorsichtig pirschten sich die Piranha-Piraten an den Torbogen heran und duckten sich hinter einer nahen Hecke.
„Ey, Alter, kriegste die Flasche auf, mit der dicken Pfote?“, hörten sie einen Jugendlichen spöttisch fragen.
„Logo! Hätt auch schon wieder Bock, 'ne geklaute Karre zu verschrotten!“, prahlte wohl der mit der verletzten Hand.
Die Detektive hörten das Zischen sich öffnender Flaschenverschlüsse, dann Gluckern – und kräftiges Rülpsen.
„Boa, cool!“, meldete sich eine dritte Stimme zu Wort. „Und wo? Am Skaterpark lungern unter Garantie noch Bullen rum …“
„Die kloppen wir zu Brei!“, war der Erste wieder zu hören.
„Weiß was anderes …“, sagte eine vierte Stimme. Es folgte erneutes Rülpsen – und dann flogen zwei leere Flaschen über die Hecke. Schützend zogen die Piranha-Piraten ihre Köpfe ein.
„Mist, die sind schon wieder weg“, schimpfte Till, als er gleich darauf merkte, dass unter dem Torbogen niemand mehr sprach. „Hoffentlich finden wir sie in den vielen Gassen wieder!“
„Ganz bestimmt“, beruhigte ihn Leon.

Wodurch fand Leon die Jugendlichen?

9. Wurfgeschosse

Aus dem zweiten Sträßchen von links floh ein Hund vor zwei Bierflaschen, die jemand nach ihm warf.
„Nicht zu fassen! Tiere zu ärgern, scheint ein Hobby der Typen zu sein“, regte sich Lena auf. „Und wegen so ein paar hirnlosen Idioten soll der ganze Skaterpark geschlossen werden. Los, hinterher! Ich will sehen, was sie diesmal aushecken!“
Die Detektive rannten über den Platz.
„Wir dürfen uns bei der Verfolgung aber nicht wieder entdecken lassen, wie beim letzten Fall“, warnte Till die Zwillinge, bevor sie in das Gässchen einbogen. „Ich habe keine Lust, von denen in die Mangel genommen zu werden, wenn sie uns sehen.“
„Nee, Hackfleisch möchte ich auch nicht werden“, stimmte ihm Leon zu.
Vorsichtig spähten die Piranha-Piraten die kurze Häuserzeile entlang, doch die Rowdys waren schon um die nächste Ecke weitergezogen.
Um welche, war für die Detektive leicht zu erraten.

Wohin zogen die Jugendlichen weiter?

Zum
Taler
DER FLEISCHER
AN DER WATERKANT
FLUKE
Fisch Timm
Zum Tropfen
Gerbergasse

10. In der Gerbergasse

Die Blumen am Eingang zur Gerbergasse sind bestimmt nicht von alleine aus ihrem Kasten gefallen“, kombinierte Till.
„Wer weiß? Vielleicht haben sie sich aus Angst vor den Typen selbst umgebracht“, witzelte Leon.
„Die hübschen Blumen“, seufzte Lena. „Warum müssen manche Menschen alles kaputt machen?“
Die drei Freunde liefen weiter, umkurvten den traurigen Haufen herausgerissener Geranien und äugten in die Gerbergasse hinein.
Zuerst entdeckten sie nur einige Bauarbeiter, die trotz des Regens neue Pflastersteine verlegten.
Doch dann fiel den Piranha-Piraten im Gässchen auch eine ältere Dame auf.
Sofort wussten die Detektive, in welche Richtung die Ganoven diesmal verschwunden waren.

Was verriet den Detektiven den Weg?

Gerberstieg
Kirchgasse

11. Der Unterschlupf

Ihr Lausebengel!“ Empört schwang die Dame ihren Spazierstock in Richtung Kirchgasse. „Eine alte Frau mit dummen Sprüchen zu verhöhnen! Das melde ich der Polizei!“
„Mach nur, du alte Schachtel!“, tönte es aus der Gasse zurück. „Uns erwischen die Bullen sowieso nicht …“
„Aber dafür sind euch die Piranha-Piraten auf den Fersen“, knurrte Lena entschlossen und folgte mit den Jungen sofort der neuen Spur. „Das mit der Polizei erledigen wir für Sie, keine Sorge!“, versprach sie der alten Dame im Vorbeilaufen.
„… aber erst sollten wir Beweise haben“, erinnerte Leon seine Schwester. „Freiwillig werden die Kerle Henning nicht beichten, dass sie das Auto im Skaterpark geschrottet haben.“
Jetzt verließen sie die Gassen der Altstadt. Die Verfolgung endete auf einem Fabrikgelände, wo die vier Verdächtigen in eine baufällige Lagerhalle schlüpften.
„Unser Treffpunkt gefällt mir eindeutig besser“, meinte Lena.
Die Jungen nickten zustimmend.
„Hoffentlich bleiben die da nicht drin, bis alle Flaschen leer sind“, murmelte Leon. „Sonst schlage ich hier noch Wurzeln. Feucht genug ist es heute ja dafür.“
Da öffnete sich die Schuppentür wieder – und Till zog erstaunt die Augenbrauen hoch. „Jetzt wird es spannend! Die haben wirklich schon wieder vor, ein Auto aufzubrechen!“

Was verriet die Autoknacker?

12. Der Autoklau

Woher willst du das wissen?", wunderte sich Lena.
„Schau dir den Typen mit der Igelfrisur an, der gerade die Hallentür zuschiebt", raunte Tim. „Aus seiner Hosentasche ragt eine Drahtschlinge."
„Und mit so einem dünnen Ding kann man Autos aufbrechen?", fragte Leon beeindruckt. „Hast du das auch aus einem Krimi?"
Für eine Antwort blieb Till keine Zeit, denn die Jugendlichen verließen das Fabrikgelände und eilten zielstrebig zu einem großen Parkplatz.
Gebannt beobachteten die Piranha-Piraten, wie sich die Jugendlichen über den Platz verteilten und langsam die Reihen der abgestellten Fahrzeuge entlangschlenderten.
„Die suchen einen Wagen, der sich leicht knacken lässt", vermutete Till.
„Am liebsten würde ich verhindern, dass sie überhaupt ein Auto klauen!", meinte Lena empört.
In diesem Augenblick schien der Junge mit der Stachelfrisur ein geeignetes Auto gefunden zu haben. Sofort schickte er einen gellenden Pfiff über den Parkplatz und seine Komplizen eilten zu ihm.
„Ich weiß, warum sie sich ausgerechnet diesen Wagen ausgesucht haben", murmelte Leon.

Was fiel Leon an dem Auto auf?

HV WV 220
K LO 25
EI UT 17

13. Handfeste Beweise

„Das rechte hintere Seitenfenster steht einen Spalt breit offen.“

Die Detektive sahen, wie der Junge mit den Stachelhaaren die Drahtschlinge durch die Öffnung schob.

„Jetzt müssen wir aber etwas unternehmen!“, flüsterte Lena.

„Das ist noch zu früh“, wurde sie von Leon gebremst. „Wenn sie den Wagen nicht aufbrechen, haben wir keine Beweise.“

Es dauerte nur wenige Sekunden, bis der Igelköpfige den Türknopf mithilfe der Drahtschlinge hochgezogen hatte. Angeberisch grinsend öffnete er die Autotür und ließ den Jugendlichen mit der verletzten Hand hinters Steuer.

„So, und nun, Leon? Reicht dir das immer noch nicht?“, brummte Till. „Wenn die im Fernsehen keinen Müll zeigen, springt da drüben gleich der Motor an und die Typen fahren uns mit Karacho davon.“

„Dabei haben die nicht mal einen Führerschein!“, seufzte Lena.

Leon begann zu schmunzeln. „Denen fehlt nicht nur der Führerschein, Schwesterherz. Die haben auch kein Fünkchen Grips im Hirn. Ich habe jetzt jedenfalls genug gesehen, um Henning Beweise liefern zu können. Die liegen diesmal ja wirklich auf der Hand.“

Welche Beweise meinte Leon?

Safe the Whales!
KI BN30
HV WV220

14. Lob vom Bürgermeister

Einige Tage später saßen Till und die Zwillinge im Büro des Bürgermeisters – und der strahlte über das ganze Gesicht.
„Wunderbar!“, freute er sich. „Nun muss der Skaterpark doch nicht geschlossen werden. Das verdanken wir euch.“
Auch ein Reporter des Seeboten war anwesend: „Stimmt es, dass ihr die Jugendlichen durch ihre Fingerabdrücke überführen konntet, die sie am Tatort hinterlassen haben?“
Leon nickte. „Ja, die vier trugen beim Autoklau auf dem Parkplatz keine Handschuhe. Und am Auto im Skaterpark hatte die Polizei dieselben Fingerabdrücke sichergestellt.“
„Der Rest war dann einfach, weil wir die Jungs von unserer Schule her kannten“, erklärte Lena, während Schumacher über den Tisch des Bürgermeisters wuselte.
„Die Kerle hatten übrigens damit geprahlt, dass die Polizei sie nie erwischen würde“, bemerkte Till grinsend. „Aber da haben sie die Rechnung ohne uns Piranha-Piraten gemacht.“
„Ja, denn wir gehen mit Biss auf Verbrecherjagd …“, sagte Lena.
„Und sind der Schrecken aller Ganoven“, fügte Leon lachend hinzu.

Der Umwelt zuliebe ist dieses Buch auf chlorfrei gebleichtem Papier gedruckt.

ISBN 978-3-7855-6486-8
1. Auflage 2009

Umschlaggestaltung: Christian Keller
Umschlagillustration: Christoph Clasen
Printed in Slovenia (004)

www.loewe-verlag.de